Eva Potiguara

OS HERDEIROS DE JUREMA

jandaíra

Este livro foi revisado segundo o Novo Acordo Ortográfico da Língua Portuguesa.

Obra premiada no Edital de Seleção Pública nº 01, SEFLI/MinC, de 12 de abril de 2023, Prêmio Carolina Maria de Jesus de Literatura Produzida por Mulheres 2023, realizado pela Secretaria de Formação, Livro e Leitura / Ministério da Cultura.

DIREÇÃO EDITORIAL
Lizandra Magon de Almeida

ASSISTÊNCIA EDITORIAL
Maria Ferreira

PREPARAÇÃO
Joelma Santos

REVISÃO
Equipe Jandaíra

PROJETO GRÁFICO E DIAGRAMAÇÃO
Debs Bianchi | Biancheria

ILUSTRAÇÕES
Sloane (Akuã) Boamorte Pataxó

Dados Internacionais de Catalogação na Publicação (CIP) (Câmara Brasileira do Livro, SP, Brasil)

Potiguara, Eva
Os herdeiros de Jurema / Eva Potiguara. -- 1. ed. -- São Paulo : Editora Jandaíra, 2024.

ISBN 978-65-5094-139-0

1. Literatura indígena 2. Romance brasileiro
I. Título.

24-229522 CDD-B869.3

Índices para catálogo sistemático:

1. Romances : Literatura brasileira B869.3

Aline Graziele Benitez - Bibliotecária - CRB-1/3129

jandaíra

Rua Vergueiro, 2087 cj. 306 • 04101-000 • São Paulo, SP
11 3062-7909
editorajandaira.com.br
Editora Jandaíra
@editorajandaira

Dedico esta obra especialmente às minhas ancestrais Potiguara do Rio Grande do Norte e da Paraíba, que viveram e enfrentaram diversos abusos e crimes cometidos desde a chegada dos invasores aos seus territórios tradicionais e, com coragem e resistência, semearam o caminho em que hoje eu sigo com esperança e determinação.

Às mulheres indígenas de hoje, filhas, netas e bisnetas de nossas guerreiras silenciadas e apagadas pelo racismo estrutural e ambiental, que marcham incansáveis pela demarcação e pela proteção da biodiversidade das nossas matas e florestas.

Tiaimaramonhang kunhã guarinĩ iabé!

Que sigamos a luta como mulheres guerreiras!

REAPRENDENDO A SABEDORIA

Na situação em que nos encontramos, – a maioria dos humanos, tanto em nosso país quanto no mundo todo, – a um passo de despencar no abismo, é fundamental, e a única possibilidade de salvação, voltar nossos olhos para aquilo que aparentemente ficou para trás: a sabedoria dos povos originários ou, poderíamos dizer, dos povos naturais. É preciso apressarmo-nos, porque restam poucos desses povos, igualmente ameaçados pela sanha destruidora que avança em todos os continentes.

Na costa nordestina, na fronteira entre Paraíba e Rio Grande do Norte, região que foi invadida há séculos pela cana-de-açúcar e pela cobiça dos latifundiários, e hoje corre o risco de ser invadida pela cobiça da indústria do turismo, persiste um povo que, há mais de quinhentos anos, ali resiste e se reafirma. A luta dos Potiguara tem sido dura, mas não cedem. Persistem e suas aldeias se espalham pelos municípios de Baía da Traição, Marcação e Rio Tinto.

Na virada da década de 80 para a década de 90 do século 20, quando eu acabava de estabelecer-me em João Pessoa, depois de 15 anos vivendo no interior da Paraíba, tive meu primeiro contato com os Potiguara e tomei conhecimento da sua história. Naquele momento eles estavam sendo alvos de violentos ataques pelos capangas das usinas açucareiras que queriam ocupar suas terras. Por ocasião de uma viagem que fiz ao Rio de Janeiro, fui encarregada, a pedido do Conselho Indigenista Missionário (CIMI), de trazer o documento original, assinado por Dom Pedro II, de uma data de sesmaria que garantiria os direitos dos indígenas àquela terra. Eu deveria entregar o documento unicamente nas mãos do principal cacique dos Potiguara, para isso percorrendo longo caminho pela floresta, já que as estradas estavam controladas pelos jagunços dos usineiros. Desde então, senti-me comprometida com eles e, aos poucos, fui conhecendo melhor os membros dessa etnia, muitos deles fora do território de seu povo, obrigados a dispersar-se para escapar à violência que os ameaçava. Tornamo-nos amigos, e pude acompanhar em parte o processo de autorreconhecimento de jovens como indígenas, criados fora do território, e seu processo de identificação e aprendizagem com seu povo de origem. Foi assim que encontrei e tive o privilégio de manter uma enriquecedora amizade com aqueles que enveredaram pela literatura, como Eliane Potiguara, João Irineu Potiguara e, especialmente com Eva Potiguara, cuja luta testemunhei em diversos episódios.

E eis que Eva Potiguara nos oferece, em forma de romance, cheio de poesia e generosidade, a história e a sabedoria que recebeu de seu povo e não guarda só para si. Obrigada, Eva, por nos ajudar a encontrar o caminho para fora do abismo que nos ameaça!

Maria Valéria Rezende, João Pessoa, 2024

SUMÁRIO

A GUERREIRA JUREMA

Estamos em 1945. É manhã de sol na mata de Baía Formosa, no litoral nordestino. A paisagem está verde, cajueiros, mangueiras e mangabeiras carregados de frutos perfumados enchem o lugar de borboletas e pássaros da Zona da Mata.

Jurema, jovem indígena da aldeia Potiguaçu, surge nua da profundeza do rio, onde ainda *kunhatain* aprendeu a nadar e a conversar com os espíritos das águas e da mata. Ela sorri para os pássaros, como se entendesse o que dizem com seus cânticos entre os galhos dos cajueiros.

Depois de se banhar, ela pega, no cesto de palha que deixou entre as pedras, seu vestido de algodão — uma de suas poucas peças de vestuário feita à mão por sua mãe, Jacira, cujo nome, de origem Tupi, significa *luar*. Veste a roupa no corpo ainda molhado, reluzente entre os raios multicores do sol e as gotas de água do rio.

Pega a lança que havia deixado fincada nas margens, entre as pedras, e começa a pescar na correnteza. Sua habilidade de pesca e caça, ela aprendeu com o pai, Apoema, que a levava com ele, muito pequena, para os momentos em que os homens da aldeia juntavam provisões para a alimentação da família, enquanto as mulheres cuidavam das roças de mandioca e de milho. Ela não se interessava pela lida das mulheres, preferia desenvolver as práticas de luta e proteção da aldeia, consideradas trabalhos de homem. Usar o arco e flecha para se defender era motivo de honra para ela, mesmo sendo criticada por homens e mulheres do seu povo.

A decisão de servir à sua aldeia como guerreira deve ter surgido numa das idas com o pai para a mata, quando os homens sofreram uma emboscada de uns capitães do mato do coronel Rodrigues, que havia mandado invadir as terras da aldeia e não permitia que ninguém pescasse no rio para onde o gado era levado para se refrescar. Apoema reagiu em defesa do seu povo e foi baleado diante de Jurema, que tinha apenas 8 anos. Os capangas fugiram quando as flechas voaram em sua direção, tirando a vida do atirador, chefe do bando.

Desde cedo, Jurema aceitou o seu destino de filha única de um casal Potiguaçu e cresceu em meio aos conflitos das invasões de terras e às dores das perdas de seus entes mais amados. Seu pai não resistiu e foi levado para a aldeia, onde foi sepultado na oca dos guerreiros. Sua mãe chorou muito a perda de seu companheiro, enquanto o pajé, Arandi, fazia seus rezos e espalhava o incenso de alecrim e manjericão sobre a palhoça da oca. Jurema não conseguia chorar, mas acariciou os cabelos da mãe, pegou a lança que era do pai e jurou usá-la como ferramenta sagrada para alimentar e proteger a sua família. E esse ofício ela executava com maestria, pescando e caçando, assim como defendendo o seu povo quando surgia alguma peleja por disputas de terra, apesar das críticas que recebia dos parentes da aldeia. A mãe guardava em segredo que a filha não era uma *cunhã* comum, mulher igual às demais do seu povo. Antes de tudo, ela era filha de Tupã, deus do trovão, e da lua, Yacy. Um segredo do qual apenas os pais e o pajé, Arandi, sabiam.

Enquanto Jurema pescava, da outra margem do rio, o herdeiro do rico coronel Rodrigues, Fernando Neto, que dava água ao seu cavalo, foi atraído pela formosura da indígena sob o sol escaldante. Ele a observava por trás dos cajueiros, montado em seu belo animal. Muito jovem, com fama de mau caráter, estava acostumado a abusar das mulheres indígenas e negras da região e a matar por diversão quem o incomodasse. Jamais foi punido, era sempre protegido pelo coronel, latifundiário cujos ancestrais se apossaram das terras dos nativos, acumuladas de forma escusa.

Jurema sente um vento frio passar por suas costas e conhece o que ele está lhe avisando. Ela pega seu bisaco, em que carrega ervas colhidas a pedido de sua mãe, coloca-o no ombro, arruma no cesto os peixes que com habilidade fisgou e segue rumo à aldeia, numa trilha de capim e cajueiros verdejantes. Apanha alguns cajus frescos no caminho e os põe no cesto. Chupa alguns com prazer, enquanto olha os pássaros e tenta ouvir o que eles parecem alertá-la.

Fernando sai a cavalo por trás dos galhos dos cajueiros em direção à trilha, apruma o laço no braço torneado e tenta alcançar Jurema. Ela se sente tensa com a aproximação dos galopes, olha para trás, solta a cesta com os peixes e os cajus no capinzal. Corre com passadas largas e firmes, segurando com a mão direita a sua lança, em direção a uma trilha de mata fechada, obriga o homem a descer do cavalo para seguir em frente em sua "caça".

Ela sobe com agilidade num tronco de uma velha maçaranduba, trepa ligeiro alguns galhos, apoia-se numa galha forte com o auxílio da lança e se mantém imóvel, suspirando ofegante, mas bem devagar para evitar assustar os pássaros nos ninhos da árvore.

Fernando amarra o cavalo num galho de cajueiro, pega a espingarda e segue na mata fechada, olhando atento para os lados, caminhando lentamente, como quem busca uma presa valiosa.

Quando passa embaixo da copa da frondosa maçaranduba, Jurema salta da árvore em cima dele, derrubando-o ao chão de bruços. Ela monta em suas costas com as pernas atracadas sobre a sua cintura, com a mão esquerda puxa os seus cabelos para trás e o imobiliza, firmando a ponta da lança com a mão direita sobre a sua lombar. Percebe que ele está sob seu domínio, solta a lança e se senta sobre a sua cervical. Em seguida, pega a pequena faca que traz no seu bisaco, fere o lado esquerdo do rosto dele em dois cortes, marcando-o com um sinal de ponta de flecha, numa cicatriz que ficará para sempre em seu rosto. Ele grita e geme de dor quando ela puxa a faca com a lâmina pingando sangue e a devolve ao seu bisaco.

Jurema se contenta em vê-lo com a face sangrando, pega a lança do chão e se vira ofegante em direção à trilha. Fernando tenta conter o sangue que desce do seu rosto e se espalha no pescoço, passando a mão direita sobre o ferimento e a enxugando na camisa xadrez de algodão grudada de suor, que exala um odor que lhe causa nojo. Ele vê que a espingarda está ao seu alcance e aproveita para pegá-la com as mãos molhadas de sangue. Mesmo com dificuldades, tenta se levantar e aprumar a mira para matar Jurema.

Ela sente um calafrio e, estando a poucos metros do cavalo de Fernando, corre o mais rápido que pode, salta na cela do animal, deita-se sobre sua crina e sente uma bala passar raspando por sua cabeça. Ergue os olhos e vê Fernando se preparando novamente para atirar. Sua fúria aumenta e ela só pensa em lhe dar uma lição "de homem".

Jurema se abaixa, mantém a cabeça junto à crina do cavalo e galopa com fúria ao encontro de seu adversário num raio avassalador. Fernando estremece, surpreso, e não consegue mirar seu alvo com firmeza; atira com receio de perder o cavalo manga-larga, presente de seu pai. Dois tiros são disparados. Um entre as mechas dos cabelos de Jurema, outro em seu ombro esquerdo. A bala penetra a carne da jovem como fogo rasgando a pele e se aloja entre o osso e o músculo do ombro. Ela sente uma queimação consumir o local atingido, mas não se detém. Está acostumada com a dor depois de tantas batalhas travadas desde menina com os invasores de terra. Pega as rédeas do laço e, antes de seu adversário disparar pela terceira vez, ela laça-o até a cintura, prendendo seus braços ao longo do corpo. A espingarda cai e ela pendura a arma nas costas.

Fernando urra de ódio, enquanto Jurema, com o laço, dá algumas voltas na cintura do jovem branco e arremata com força, até ele cair novamente ao chão de bruços por cima do capinzal, entre formigas de roça, que lhe mordem a pele macia. Fernando esperneia e grita, chamando Jurema de selvagem e rogando-lhe pragas em nome de santos europeus que ela desconhece.

Ela friamente puxa o laço que prende o homem que a insulta aos gritos, volta a montar no cavalo dele e galopa pela mata, arrastando-o sobre espinheiros, galhos secos, cactos e mandacarus, que o ferem nas costas e nos braços. Ele protege o rosto com as mãos e, graças às botas de couro, não perde os pés quando o cavalo sobe numa ribanceira de pedras perto do rio.

Jurema, depois de arrastá-lo por duas léguas, retorna para a margem do rio onde se banhava e solta as rédeas. Desce do cavalo, ainda segurando a corda que amarra Fernando, que está desmaiado, sangrando na face e até pelo nariz. Os braços, a barriga e as pernas repletas de espinhos, as roupas rasgadas pelos mandacarus e pelas pedras pontiagudas. Ela solta a corda e olha para Fernando com desprezo, pensando em quantas vítimas ele já teria deixado pelo caminho.

Suada, o braço atingido pela bala dói e o ombro sangra. Os cabelos negros molhados de suor estão grudados ao rosto e as pontas balançam com o vento fresco que vem da mata. Pega sua pequena faca no bisaco, se acocora na margem do rio e limpa o sangue da lâmina, mergulhando e esfregando o metal até vê-lo brilhar novamente.

Lava o ombro esquerdo na correnteza com a mão direita e usa a ponta da faca para extrair a bala que se alojou próximo à axila. Dá um gemido de dor ao sentir a lâmina perfurar a pele para retirar o projétil. Vira a ponta da lâmina e consegue arrastar para fora a bala, que cai no chão encharcada de sangue. Sente um alívio percorrer o corpo.

Lava o ombro novamente, retira do bisaco umas cascas de aroeira e folhas de courama e as junta num emplastro sobre o ferimento. Rasga uma tira de seu vestido e amarra no ombro sobre as folhas com nó apertado. Limpa o rosto nas margens do rio, molha os cabelos na correnteza e depois bebe água usando as duas mãos como concha. Percebe que o fluxo de sangue que escorria diminui.

Respira devagar, olhando para cima, buscando ouvir o que dizem os cantos dos pássaros. Sorri quando sente a resposta do vento quente que vem do litoral com o aroma cítrico dos frutos da mata. O olhar vivaz se ergue, mirando a natureza do horizonte às planícies das dunas. Abre os braços e agradece a Tupã e aos encantados por lhe darem força e coragem para salvar sua vida.

Pega o cesto com os peixes e os frutos que estavam no capinzal onde deixou, a espingarda que estava mais adiante, colocando-a no ombro. E então segue na trilha para a aldeia, sem olhar para trás.

JUREMA, MÃE E MULHER

Na aldeia Potiguaçu, o sol já se põe por trás das dunas. As crianças nuas brincam correndo entre as plantações de milho e mandioca. Os anciões, deitados em suas redes, conversam em uma mistura de Tupi com a língua do branco. Uns fumam cachimbo, e outros, cigarro brejeiro. Algumas mulheres estão sentadas no chão catando feijão-de-corda em cestas de palha, algumas riem, enquanto outras cantam cantigas tradicionais de gratidão à colheita. Todas vestem roupas simples de algodão mocó tecidas manualmente.

Os homens mais jovens se revezam no trabalho de caça e pesca. Alguns preparam o fogo e queimam incenso de ervas para espantar os maruins e bichos peçonhentos durante a noite. Outros tratam as caças do dia sobre pedras polidas, cortam as partes, depois molham na salmoura e deixam secar penduradas nas varas das taperas. Assim, as carnes vão levar o sol da manhã fora do alcance dos animais da mata. Os pescados são enrolados nas folhas de bananeira, após serem mergulhados também no sal. Tudo será dividido de forma justa pelo cacique, Ubiratan.

Jurema chega à aldeia e muitos param para olhar o que ela traz. Kauã, guerreiro jovem que estava entre os homens no preparo das caças, se aproxima dela, preocupado. Seu nome, de origem Tupi, significa *gavião*. Ela desvia o caminho, não deseja conversar. Mas o jovem insiste e a toca no ombro quando ela deixa os peixes sobre o jirau de troncos. Muitos ficam assustados ao ver o sangue na tira de pano amarrada em seu ombro e o tipo de arma que ela traz, igual às usadas pelos colonos para matar e manter o domínio sobre as terras que pertencem a todos eles.

Kauã é o único que se aproxima dela com carinho e perturbação no olhar. Ela é temida pelos homens por seu temperamento tempestivo quando é contrariada. As mulheres, com exceção de Yara, melhor amiga de Jurema, se dividem em julgá-la. Umas acreditam que ela seja a *Comadre Fulorzinha* encantada, outras que é um homem no corpo de mulher, por preferir, desde menina, as tarefas dos homens guerreiros às de cozinhar e cuidar das roças. Só o pajé, Arandi, seu tio, conseguia puxar conversa com Jurema. Seu nome, de origem Tupi, significa *luz do dia*. Foi ele quem a batizou com o nome da planta sagrada, usada nos rituais de cura da aldeia desde tempos remotos, e teve a visão de que, de sua raiz, nasceria a paz daquele povo, não sem antes haver muita peleja e sofrimento.

Mas o jovem guerreiro também aprendeu a ler o coração de sua amada Jurema. Desde crianças, quando brincavam no rio, nos tempos de colheita do milho e da mandioca, se tornaram companheiros e afetivamente ligados. Kauã é um jovem alto e forte. Tem a pele em tons de terra e avermelhada do sol, cabelos negros e ondulados que cobrem até os ombros, quando não os amarra com cordão ou tiras de couro. Os olhos são verde-claros, herança dos avós holandeses, que viveram com seus ancestrais até fim do século 18.

O guerreiro nunca negou seu amor por Jurema. Apesar de ser considerado um dos homens mais habilidosos nas artes das lutas e da caça, perante a bela *cunhã* parecia um pequeno curumim. Mal conseguia falar, muito menos expressar seus sentimentos.

Jurema era ciente do afeto dele e, por respeito e gratidão às memórias boas que tinham, segura a mão dele e apenas o abraça. Ela sente uma lágrima cair dos olhos do moço sobre seu ombro e sorri para ele.

— *I Xe Katu Xe irû.*[1] Não precisa se atormentar.

Ele junta as duas mãos dela e as beija.

— Deixa eu cuidar de você, Jurema...

Ela novamente sorri:

— Você sabe que eu sei me cuidar. Não preciso de homem nenhum para isso. Desde que mataram o meu pai, eu sou a protetora de minha família.

— Sim, eu sei. Mas o que aconteceu? Me diga! Quem feriu minha Jurema?

— Não se preocupe, o animal que me atacou ficou ainda pior. — Sorri mostrando os dentes fortes sob os belos lábios carnudos.

Kauã segura as mãos dela com firmeza.

— Jurema, podemos ficar mais fortes juntos.

Ela olha seriamente para ele e retira as mãos.

— Tenho que ir, minha filha está me esperando...

---

1 Estou bem, meu companheiro.

— Nossa filha... Potira é também minha *kunhatain*. Deixa eu ser parte dessa família...

— Você sempre fez parte. Mas não precisamos viver na mesma tapera. Agora eu tenho que ir.

Ela se vira, dá alguns passos em direção ao seu destino, mas se volta, desta vez sorrindo:

— Quando a lua aparecer no alto da mata, eu vou estar na pedra do rio doce.

O guerreiro arregala os olhos iluminados e sorri igual a menino apaixonado.

O pajé, Arandi, está na rede baforando seu cachimbo, quando Jurema passa e entra em sua tapera. Sente um calor percorrer a espinha, sinal de coisa ruim. Ela entra em casa: uma tapera pequena de barro batido sobre galhos trançados em direções verticais e horizontais, coberta de palha. Há um candeeiro sobre uma das paredes que divide o cômodo. A luz clareia o teto, iluminando os troncos dos galhos trançados e as palhas secas douradas pela chama, que deixam o odor de querosene no ar.

Jacira, mãe de Jurema, está sentada num banco de madeira. Uma mulher de aparência frágil, mãos calejadas da roça e semblante marcado pelas dores da vida. Ela penteia os cabelos negros da neta, Potira, de um ano, única filha de Jurema com Kauã. Na época em que estava grávida e sentia as dores do parto, a aldeia foi invadida por colonos da fazenda dos Rodrigues e houve uma luta sangrenta entre eles e os nativos. Jacira não permitiu que Jurema partisse com os guerreiros, temendo sacrificar a criança prestes a nascer. Potira veio nascer naquela tapera ao romper da aurora, num parto difícil, que teve a ajuda do seu tio pajé. Seu nome, de origem Tupi, significa *flor*.

Jacira olha para a filha, procura seus olhos, enquanto ela se aproxima para pegar Potira. A mãe percebe o braço machucado. Conhece os ímpetos da filha e se perturba ao prever uma desgraça na família, semelhante à que sofreu no passado, quando ainda menina.

Enquanto Jurema vai para a rede balançar a filha, Jacira prepara uma mistura de babosa com gengibre numa cuia, sem tirar os olhos da imagem de amor entre as duas. É o único momento em que Jurema parece uma mulher como todas as da aldeia: serena e feliz lambendo sua cria.

Potira dorme no calor do peito da mãe, que também adormece. Jacira se ajoelha do lado em que Jurema está deitada na rede e com delicadeza começa a tirar o pano sujo de sangue do seu ombro e a limpar o ferimento com a mistura de ervas. Jurema abre levemente os olhos enquanto a mãe segue cuidando dela com ternura, e finaliza a nova atadura presa com um laço de algodão.

Seus olhos se encontram, se conectam num feixe de luz, e elas conseguem se comunicar. Jacira revela à filha que ela e toda a aldeia estão condenadas, que o coronel Rodrigues virá lavar em sangue o que ela fez ao filho dele. Jurema abraça a filha, que dorme profundamente.

Jacira prepara uma defumação numa cuia com folhas de manjericão, alecrim, arruda e louro, sob carvões em brasas. Pede à filha que venha até o terreiro e traga um candeeiro. A mãe a segura pela mão direita e, com a outra mão, Jurema segura o candeeiro, e vão até debaixo de um pé de jurema. Com farinha de mandioca, faz um círculo no chão e a coloca no centro. Depois põe numa vara o candeeiro, para iluminar Jurema. Ela acende o cachimbo com a chama do candeeiro e inicia um ritual numa mistura da língua Tupi com a língua dos brancos, jogando a fumaça do cachimbo e a defumação com as ervas sobre a filha. Entoa cântico aos encantados, rogando proteção à filha, a quebra de mau-olhado e o livramento de seus inimigos. As duas dançam em giros de mãos para cima, um vento forte balança os galhos do pé de jurema.

— Filha, se ajoelhe. — Ergue a mão sobre a cabeça da filha. — Os encantados da terra e das águas me responderam que teremos muitas lutas, mas que você não estará sozinha. Terá apoio deles e de um guerreiro, um gavião que já lhe acompanha em vida e te seguirá até depois do seu encantamento material. Filha, como você é abençoada!

Jacira, emocionada, deixa as lágrimas caírem e as duas se abraçam.

— Mãe, eu sinto e eu sei que nunca estive sozinha. A senhora e a minha Potira são meus maiores motivos para viver e lutar. Olha esse céu, sente esse ar perfumado de ervas? Elas nos benzem todos os dias. A mãe lua, que sempre nos abençoou, daqui a pouco vem nos visitar, e quem sabe hoje ela poderá mostrar meu guerreiro gavião?

Jurema beija docemente Jacira na testa e voltam para dentro de casa. As duas preparam juntas a refeição: tapioca feita no tacho, suco de mangaba e peixe frito na brasa enrolado em folha de bananeira. Arrumam os alimentos numa panela de barro, o suco numa cuia de cuité e sentam-se no chão de barro batido, forrado por uma esteira de palha feita por Jacira. As duas comem com as mãos e bebem o suco da mesma cuia, até ficarem satisfeitas. Jurema novamente beija a mãe na testa, pega o seu bisaco, uma lamparina e avisa que vai tomar banho no rio doce e que ela não precisa esperá-la chegar para dormir.

O caminho do rio segue pela mata fechada, uma trilha escondida entre pedras que contornam o capim-navalha e a vegetação silvestre dos cajueiros e mangabeiras que perfumam a picada explorada pelos nativos e colonos. Um lugar de muitas lembranças para Jurema. A luz da lamparina cria um cenário encantador em comunhão com os vaga-lumes ao redor dos galhos das pequenas mangabeiras.

Ela deixa o bisaco numa pedra, a lamparina pendurada num galho de um cajueiro e mergulha nas águas cristalinas do rio. A temperatura morna da correnteza da água lhe acalma o corpo e traz regozijo profundo. Ela começa a cantar uma cantiga que aprendeu com a mãe: *Fulô, Fulô, sou Fulorzinha, estou pedindo, estou mandando, alguém me dê uma fumacinha...* Retira de seu bisaco um pedaço de fumo, coloca-o sobre uma pedra e continua cantando. Com uma mistura de alfazema e óleo de coco, lava o corpo e os cabelos com movimentos delicados, bem devagar. Depois do ritual de banho, ela se senta sobre a pedra do rio ao luar, acende o cachimbo e dá baforadas bem devagar, enquanto a brisa espalha seus cabelos no ar, entre os vaga-lumes e os olhares dos gatos-do-mato nos galhos dos cajueiros.

Kauã vem chegando com passadas lentas, com os braços para trás, segurando um ramo de alecrim, com flores de alfazema. Quando chega bem pertinho da amada, vai tirando as flores do ramo e colocando-as, uma por uma, nas mechas dos cabelos dela. Jurema para de cantar, fecha os olhos e se permite sentir aquele carinho de um homem tão sensível e, ao mesmo tempo, tão persistente.

O guerreiro se inclina para lhe acariciar os cabelos e o rosto iluminado. Ela abre os olhos e ambos se contemplam a poucos centímetros de distância. Ele tenta dizer alguma coisa, mas é interrompido pela mão dela sobre seus lábios macios.

— Não diga nada...

O beijo suave, longo e cada vez mais ardente consome os dois em chamas de prazer. A pedra plana e iluminada pela noite enluarada acolhe os corpos em labaredas de desejos, entre delírios e carícias. A lua prateada entre as nuvens flameja e assume tons de vermelho. A lua, Yacy, expressa sua bênção aos amantes e a corrente do rio reflete a luz rubra nas águas e atrai os vaga-lumes para enriquecer o cenário.

Jurema e Kauã, transbordando leveza e paz, se olham numa conexão serena. Os corpos nus, suados e molhados, acoplados como conchas, aos poucos deslizam, descolam e levantam num abraço longo e suave, e caminham até o rio para se refrescarem da efervescência do ritual consumado.

Ambos mergulham nas águas rubras e cintilantes pelo luar, os vaga-lumes se espalham na noite escura e fria, iluminando o casal encantado. A lua aos poucos vai se refazendo em seus tons prateados, enquanto os dois se banham como seres sagrados. Não há medo nem perigos que os perturbem.

— Você é a minha Senhora da Águas... — diz Kauã, admirando a perfeição do nado de Jurema em círculos e mergulhos até a profundeza do rio.

— Você é meu gavião companheiro, justiceiro... Agora sei por que está em meu caminho desde que eu era uma *kunhatain* nadando neste rio.

— Então, o que nos impede de casar? — pergunta Kauã, olhando-a com doçura no sorriso, no rosto molhado da água cristalina.

Jurema sorri para ele e o abraça com ternura nos olhos.

— Já somos casados, meu guerreiro. Os encantados nos deram a bênção deles perante tantas perseguições que nosso povo tem vivido. Vamos dormir e amanhã pedimos orientações ao nosso pajé. Meu tio e mestre saberá dizer o que devemos fazer.

Kauã arruma uma porção de palha seca e cobre o chão debaixo dos cajueiros à margem do rio e se deita com a sua amada. Abraçados, olham para o céu estrelado, e a lua prateada os ilumina do alto das pedras.

TROCA DE COCARES

O sol desperta o casal, os pássaros saem dos ninhos em busca de alimentos, a corrente do rio faz seu caminho rumo à mata verdejante. Jurema e Kauã se olham num diálogo sereno com a natureza ao redor e se abraçam em uma promessa de um bom dia para os dois. Levantam-se, pegam seus poucos pertences e seguem em direção à tapera de Arandi.

Eles tomam o caminho para a aldeia Potiguaçu, onde vivem os parentes do casal, mas a casa do pajé é antes da entrada da comunidade e fica próxima a uma plantação de cana-de-açúcar. A área foi cercada a mando do coronel Rodrigues, para impedir a passagem dos nativos pelas terras que ele registrou como suas, alegando usucapião herdado de seus avós. O casal avista o pajé sentado na rede no alpendre da casa, fumando seu cachimbo com tranquilidade, olhando para o tempo.

Os dois cumprimentam Arandi respeitosamente e se sentam aos seus pés, saudando o ancião com muita alegria. Ele dá umas cachimbadas e olha para os dois com um ar de preocupação.

— Vocês finalmente vieram me procurar para serem unha e carne, mas ninguém pode criar o que já existe e que não pode ser desfeito.

Os dois se olham e riem, entendendo a fala do pajé.

— Então, se sabem que já são um casal, o que querem de mim?

— A gente veio pedir sua bênção para o nosso casório, pajé — fala Kauã, ansioso, com os olhos brilhando.

— Pajé, minha mãe, Jacira, teve uma visagem que ele era meu guerreiro companheiro e eu a sua companheira dessa vida e de outras...

— Ela também lhe avisou que existe uma peleja muito grande no caminho de vocês? Alertou que essa batalha inclui o sangue de seu povo e o sofrimento de sua geração?

— Pajé, quando tivemos paz aqui nessa terra? Desde que o homem branco chegou por essas bandas que nossa vida virou um tormento, uma tribulação de genocídio e de violências. Kauã e eu resolvemos consumar nossa união como manda a tradição de nosso povo. A gente quer uma festa, mesmo que seja por cima das cinzas de nossos irmãos, porque estamos vivos e vamos continuar na luta por nosso povo, com dignidade e coragem.

Olhando-a com firmeza e admiração, Arandi se levanta da rede com o apoio de seu cajado e segura seu rosto.

— Fico feliz que você esteja pronta para seguir seu destino e que aceitou ter o pai de sua filha ao seu lado. Farei o casamento dos dois com muita alegria e todo o povo vai honrar e respeitar essa união. — O pajé junta as mãos dos dois e pede que entrem na casa, para combinar os detalhes da festa de casamento.

Enquanto isso, o cavalo de Fernando Neto retorna para a fazenda dos Rodrigues, trazendo-o deitado sobre a sela, com o rosto cheio de hematomas e ainda com sangue escorrendo do ferimento provocado pela lâmina de Jurema. Um dos capangas do coronel Rodrigues grita, chamando todos da casa-grande.

O poderoso latifundiário se perturba ao ver o estado de seu único filho e ordena que tragam o médico imediatamente, enquanto dois homens auxiliam Fernando a entrar na casa e se deitar na cama de seu quarto. A mãe chora inconsolável, tentando limpar o sangue do rosto bonito do jovem. Pede ajuda dos empregados para trazerem água e prepararem um banho morno na banheira de louça.

Depois de limpo e atendido pelo único médico da região, Fernando Neto ainda está inconsciente e o pai, a contragosto, decide esperar que o filho se recupere para interrogá-lo sobre o que aconteceu. O médico, Dr. Pinheiro, aconselha-o a aguardar pelo menos até o dia seguinte, quando os remédios já tiverem feito efeito suficiente para que o jovem possa falar com menos desgaste.

Na aldeia, Yara foi logo espalhando a notícia da festa de casamento dos noivos.

— Finalmente vocês vão se casar! Potira agora terá uma família completa, e eu vou dar um jeito para não esperarem nem mais um dia por essa união.

Jurema e Kauã ficam eufóricos com a fala da amiga, que conduz todo o preparo da festa de casamento e os convence a realizá-la no dia seguinte, para aproveitar a lua cheia.

As mulheres, orientadas por Yara, se reúnem na tapera de Jacira para arrumar Jurema, que nunca foi de gostar de enfeites como as demais moças da comunidade. Trazem essências de óleos e cremes de flores e ervas para o corpo e os cabelos, peças de algodão para o vestido, brincos de penas de ganso e arara-vermelha, além de cocares com penachos de carcará, para enfeitar a bela noiva. Jurema aceita com generosidade os presentes e segue os conselhos de sua mãe, Jacira, de acolher com gratidão o que lhe for dado com alegria. A amiga também fica incumbida de pintar o corpo da noiva com os grafismos do seu povo que simbolizam união, transformação e coragem.

Kauã é muito querido pelos guerreiros da aldeia e todos se envolvem em ajudar a sua família no preparo da festa. Ele ganha um bode e um porco de presente do pai, o cacique Ubiratan, e todos os homens se unem para preparar o churrasco das carnes de bode e de porco. Também colhem bananas, cajus, cocos verdes, ciriguelas e pitangas para sucos, e milho e mandioca para vinhos.

A festa de casamento se inicia ao romper da lua sobre a mata. As famílias de Jurema e Kauã trazem galhos e troncos para fazer a fogueira que vai iluminar o terreiro. O pajé e o cacique acendem a lenha, ambos iniciam umas pisadas compassadas no chão, sacudindo seus maracás. Alguns guerreiros tocam tambores de couro de animais e a aldeia percebe o toque de chamada para formar uma roda de toré, uma dança circular ancestral, com cantorias de louvores às entidades dos Potiguara. Todos da aldeia dançam soltos em fila indiana. Com seus maracás, crianças, mulheres e homens de todas as idades usam adornos de penas e sementes no corpo, pinturas de grafismos com uma tinta preta feita com jenipapo e grafismos vermelhos feitos com os dedos, extraídos das sementes de urucum.

Kauã e Jurema saem da tapera de Jacira e caminham devagar de mãos dadas. A roda se abre para o casal entrar até o centro. Jurema está deslumbrante, segura Potira no colo, o rosto pintado de urucum, vestida com um traje de algodão de uma alça só, na cabeça um cocar de penas de carcará, nos cabelos flores da mata, o corpo todo pintado de jenipapo com belos grafismos feitos por sua parenta Yara. Kauã, sorridente, usa uma saia de palha, o peitoral nu, pintado de jenipapo e urucum, na cabeça um cocar de penas de arara-azul e garça. Os dois, contagiados pelos cânticos, dançam no compasso dos maracás e tambores e manifestam a alegria daquele momento sagrado para eles.

O pajé inicia um ritual de defumação e cachimbadas sobre os três, enquanto a roda permanece circulando em cantorias de gratidão aos deuses da lua, do sol, da terra e das águas. Arandi pede para Jacira segurar a neta e oferece ao casal uma cuia com uma bebida que ele preparou para os dois. Primeiro Jurema a bebe, e depois a oferece a Kauã. O pajé, muito emocionado, segura as mãos dos dois.

— Que essa bebida feita de ervas sirva para guiar vocês nessa nova etapa de suas vidas. Agora podem trocar os cocares.

Na troca de cocares, o pajé tem uma visão perante os dois jovens. Uma luz os cerca como uma nuvem de proteção. Apenas Arandi e Jacira têm essa visão e se olham admirados. Ele, com a voz trêmula, declara:

— Jurema, você é filha das águas e da terra. Kauã, você é filho do ar e do fogo. Vocês dois podem ajudar um ao outro nesta vida e noutros tempos, com justiça e coragem. Mas serão provados em muitas lutas, até conquistarem a sabedoria e o poder dos encantados das matas, das águas, do ar e do fogo.

A pedido da mãe da noiva, o casal se recolhe em sua tapera, juntamente com a filhinha, Potira. A casa de Jacira agora também é da família, até Kauã construir a casa deles. O casal põe a *kunhatain* para dormir na rede e depois se deita na esteira de palha, coberta de lençóis de algodão, perfumados com alecrim.

A festa segue até o raiar do dia. Enquanto o vento assobia baixinho pelos galhos e frestas das taperas, trazendo os aromas das ervas da mata, o casal se ama envolto nas chamas da esperança, como seres libertos dos medos e conscientes do poder sagrado da carne e do espírito, dos corpos e das mentes em êxtase. Os odores das cinzas da lenha e do carvão consumidos na noite vão se dissipando com o tempo, na melodia suave do vento fresco das ervas da mata.

Na fazenda dos Rodrigues, os empregados madrugam para cuidar do café da manhã dos patrões e ordenhar as vacas leiteiras. A família é produtora de queijo, mas o forte da produção é o açúcar e a cachaça, extraídos da monocultura da cana-de-açúcar e produzidos nos engenhos e no alambique por mais de três gerações dos Alves e Rodrigues.

O coronel é um homem de meia-idade, alto, de semblante sério e geralmente mal-humorado. Tem passadas largas e pesadas, sempre anda armado com facas, rifle no ombro e revólver na cartucheira. Aparenta ser mais velho do que sua idade, talvez por não cuidar da própria higiene e alimentação — engordou e adquiriu uma barriga saliente e um mau hálito terrível. Quando fala é quase sempre aos gritos, mostrando a dentadura amarelada e os dentes que faltam na boca. Aprendeu tudo sobre cuidar da fazenda de cana-de-açúcar com o pai, que aprendeu com o seu avô. Apesar de não cuidar da aparência, exibe seus colares de ouro com a medalhinha de Nossa Senhora, de quem é devoto. Nunca gostou de estudos em escola normal, preferiu aprender a aritmética em casa, assim como a ler e escrever. Também é conhecido por ser grileiro, como foram seus avós, o tipo de pessoa que rouba terras e as registra em seu nome e as vende. Construiu sua riqueza da renda da cana-de-açúcar e do leite de suas vacarias, mas nunca respeitou seus empregados, mesmo os mais fiéis. Aprendeu a desconfiar sempre de todos e a ser a lei na região.

Os empregados são classificados conforme a função e o nível de confiança conquistado. Os capangas de total credibilidade andam sempre armados. São a sombra do coronel e recebem dele a mais alta remuneração, fora outras regalias e presentes, como bois, pedaços de terra, casas na cidade e escola para os filhos e netos na capital. Os servidores da casa recebem o mínimo, não têm qualquer benefício e são postos na rua por qualquer insatisfação do coronel. Sua esposa, dona Maria Alves Rodrigues, católica devota, é conhecida pela bondade com os agregados domésticos. Mas não imagina que seu conforto custa o trabalho braçal e escravo dos boias-frias. Contratados em períodos da colheita da cana-de-açúcar, boa parte do que recebem pelo ofício de sol a sol já vem descontada das despesas que têm nos armazéns de cereais e no açougue, pertencentes ao coronel Rodrigues.

Em resumo, os trabalhadores da colheita dos imensos canaviais, em terras dos povos indígenas invadidas há mais de três séculos, são submetidos a um regime de escravidão e dependência que os priva de ser livres como cidadãos. Homens e mulheres herdeiros das terras em que trabalhavam, por serem netos e bisnetos de indígenas massacrados na disputa de seus territórios. Muitos trabalhadores negros e trabalhadoras negras vêm de povos sequestrados de países da África e carecem das mesmas condições de moradia, saúde e alimentação para uma vida digna.

Na casa-grande da fazenda do coronel Rodrigues, porém, a mesa do café da manhã é bela e farta de pães, doces, queijos e frutas, além de sucos e café. A mãe de Fernando vai até o quarto do filho e se alegra ao vê-lo acordado, olhando pela janela.

— Ah, meu filho querido, que bom que acordou, meu bem... Eu e seu pai mal conseguimos dormir, de tão preocupados com você. Quer se levantar ou quer que eu traga o seu café na cama?

— Estou sem vontade de comer, mainha. Tudo está doendo, o corpo todo e a cabeça. Traga alguma coisa, que depois como aqui mesmo.

Fernando já está consciente, mas quer evitar encarar o pai e tenta ter o apoio da mãe para evitar esse desgaste.

O pai chega ao quarto e se senta na beira da cama, enquanto dona Maria Alves desce para a cozinha para preparar a refeição do filho.

— Diz aí, cabra, o que houve? Quem foi o desgraçado que lhe deu essa surra? Diz logo para eu dar um corretivo no infeliz.

Fernando teme ser envergonhado se disser a verdade, por ter sido derrotado por uma mulher. Conhece a fama de machista radical e sanguinário do pai, e sabe que ele é capaz de deserdá-lo, julgando-o um frangote inútil para ser seu sucessor na fazenda.

Faz um sinal para o pai, pedindo que espere.

— Espie bem, seja macho e me diga logo o que aconteceu, porque meu juízo não tem paciência para ficar esperando sua frescura passar. Vou esperar você terminar de comer e depois tu vai falar tudinho, visse?

A mãe de Fernando chega com uma bandeja com leite, frutas e queijos e ajuda o filho a se acomodar na cama e tomar o seu café da manhã. Ele come devagar, enquanto vai pensando na história que vai contar para o pai, e se concentra em ser bastante convincente de que foi vítima de uma grande injustiça.

Ao terminar a refeição, o coronel encara novamente o filho e faz um sinal para ele começar a falar. Fernando mente, acusando os indígenas da aldeia Potiguaçu, afirmando que sofreu uma emboscada quando passeava no seu cavalo perto dos cajueiros nas margens do rio doce.

O coronel se levanta e esbraveja, furioso.

— Esses selvagens me pagam! Dessa vez eu vou acabar

com o resto que sobrou dessa maloca! Quem mandou se meter com o meu filho? Antunes! Venha cá!

O capataz de confiança do coronel Rodrigues surge na porta já com o rifle em punho.

— Olhe, junte os homens mais perversos da fazenda e bora atacar a aldeia à noite, quando todos estiverem dormindo, e dar uma resposta de sangue à emboscada que o meu herdeiro sofreu.

— Certo, patrão, deixe comigo! Eu vou fazer esse serviço com muito gosto!

Antunes sorri, mostrando a dentadura amarelada e os dentes quebrados em brigas com adversários. Sempre foi um homem frio e mercenário, fiel a quem lhe pagasse mais. Não cultivava amizades, nem se ligava à família, mas tinha um filho jovem, que andava com ele na lida da fazenda e dos serviços especiais de confiança do patrão. Tinha anéis de ouro nos dedos anelares, usava sempre cordões grossos de ouro no pescoço, com uma medalha de Padre Cícero e uma de Nossa Senhora Aparecida, cravejada de diamantes, para ostentar seu poder. Era um sujeito de fisionomia grotesca, de estatura mediana, meio calvo, de bigodes largos, pernas curtas meio tortas e chegado à bebedeira e às farras. Também conhecido pela covardia de bater nas mulheres e ameaçar de morte quem o enfrentasse. Uma de suas vítimas foi a mãe de seu único filho, que ele espancou até a morte quando ela decidiu deixá-lo e levar a criança para longe. Nunca foi preso por seus crimes e tinha orgulho disso, pois, por onde passava, deixava um rastro de sangue e de gente que temia a sua presença e a sua maldade.

Na aldeia, Yara corre desesperada procurando por Jurema e Kauã e vai até a tapera de Jacira.

— O que foi, minha filha? Os dois saíram para se banhar no rio com a pequena Potira...

— Que Tupã os proteja! Meu irmão mais velho, Taiguara, que trabalha na fazenda dos Rodrigues como capataz, me contou que o coronel vai vir se vingar do filho, Fernando. Aquele demônio abusador de nossas meninas levou uma surra e disse que foi de gente do nosso povo. E agora o pai dele, que é outro bicho ruim, planeja invadir a aldeia e destruir tudo!

Jacira abraça Yara em gratidão.

— *Aguijeveté amana.*[2] Por certo, ele quer lavar a honra do filho dele com sangue, para ninguém mais se esquecer de quem manda aqui. Vá avisar ao cacique, temos que nos preparar para essa peleja.

Yara sai correndo e pouco depois o pajé vai apressado e muito nervoso ao encontro de Jacira. A anciã está na janela rezando e não se mostra surpresa com a visita do irmão. Ele pede que ela fuja com a filha e a neta, pois teve uma visagem terrível de um grande mal que vai sobrevir ao povo da aldeia. Temerosos, os dois iniciam uma reza juntos de mãos dadas.

Jurema e Kauã trazem Potira nos braços. A família está radiante de felicidade. Jacira e Arandi os esperam na porta da casa com um semblante de muita preocupação. A mãe de Jurema vai logo pegando a neta e interrogando a filha:

---

2 Muito obrigada, parenta.

— Jurema, esse Fernando, filho do coronel Rodrigues, foi o animal que você enfrentou naquele dia?

— Sim, ele tentou abusar de mim e eu lhe dei o que merecia. Uma surra!

— Misericórdia, Jurema! Temos que nos preparar para enfrentar a fúria do pai desse cabra safado!

Kauã fica intrigado e logo percebe o que está acontecendo.

— Então foi aquele infeliz que tentou abusar de você, Jurema? Por que não me falou? Maldito!

— Não quis deixar você preocupado, e eu já tinha resolvido o problema. Agora vamos cuidar de nos preparar para enfrentar o pai dele e os seus capangas, se vierem nos atacar...

— Jurema, a Yara veio nos avisar que o coronel Rodrigues já planejou invadir nossa aldeia ainda hoje! O irmão dela, que trabalha na fazenda, contou que o pai deseja se vingar derramando sangue de nossa gente.

Kauã fica agitado e pega seu arco e flechas.

— Eu não vou deixar esse condenado tocar em minha família e no meu povo!

— Tio Arandi, vocês dois fujam com a nossa filha naquele barco que fica ancorado por traz da mangabeira às margens do rio doce. Depois sigam na margem em direção à estação de trem que vai para a capital e rumem em destino à casa de nossos parentes da Paraíba. Fiquem lá até as coisas se acalmarem, ou sentirem que podem voltar.

Os dois resistem em deixar Jurema e Jacira implora:

— Filha, não podemos ir sem você...

— Mãe, você já sabia que meu destino e do Kauã seria

de lutas... Fique tranquila, minha mãe. Com a nossa filha e vocês em segurança, eu e Kauã poderemos enfrentar essa peleja sem receios. Eu também sou a responsável por atiçar a ira do coronel e saberei me defender e ajudar a aldeia, ao lado do meu gavião.

Jacira abraça a filha e a abençoa com a mão sobre sua cabeça, os olhos aflitos. Arandi pega alguns fardos de alimento da tapera e a cabaça de água, depois arruma tudo numa trouxa com a rede da criança num cesto de palha.

Kauã vai procurar o pai, o cacique Ubiratan, e Jurema segue com a mãe e com o tio em direção às margens do rio por uma trilha pouco conhecida. O barco está no lugar indicado. Arandi entra no barco com o cesto e apruma a vela para a irmã entrar e se acomodar com segurança. Jurema olha para a filha dormindo nos braços da avó e a abençoa, pondo sua mão na cabeça dela e fazendo um juramento:

— *Xe membira Potira,*[3] estarei contigo nesta e noutras vidas e em todas as tuas gerações.

Com sua faca pequena, corta uma mecha de seu cabelo, amarra-a numa tira de algodão e a dá para a mãe.

— Guarde para a minha filha se eu não conseguir voltar para me encontrar com vocês. Diga que ela foi e sempre será muito amada e protegida por seus pais. Promete?

Jacira responde em lágrimas:

— Sim, prometo, minha filha.

Jurema segue de volta para a aldeia e chega à casa do cacique, onde estão todos reunidos do lado de fora. Kauã

---

3 Minha filha, Potira.

se aproxima dela e a abraça. Alguns homens a olham com desdém e não gostam da presença dela ali. Ela levanta a mão, pedindo permissão ao cacique para falar, que consente balançando a cabeça.

— Parentes, temos pouco tempo para nos organizar e quero ajudar nessa peleja, no combate e na proteção especialmente de crianças, idosos e mulheres. Peço aos guerreiros que deixem todos eles comigo, porque haverá guerra e sangue na aldeia.

A maioria dos homens fica irritada com o pedido de Jurema, desconfia da capacidade dela e não aceita a sua ajuda. O cacique e Kauã tentam evitar um tumulto maior, mas os homens insistem que podem lutar sem ajuda de mulher. Alguns alegam que a presença de mulheres na batalha atrai azar. Em meio ao alvoroço, um grito se faz ouvir:

— Chega!

Yara se manifesta entre as mulheres que ouviam em silêncio e continua:

— Todos sabem que Jurema luta tão bem ou melhor que muitos de vocês! Ela já salvou muitas meninas e meninos do nosso povo de emboscadas na mata. Eu digo que vou com meus irmãos e meu pai idoso para onde Jurema nos levar.

Algumas mulheres se sentem motivadas por Yara e decidem ir com Jurema, dispostas a lutarem também se preciso. Jurema se sente aliviada com o apoio das mulheres e novamente pede a palavra.

— Eu entendo a preocupação de vocês, meus parentes, mas nada neste momento será mais valioso que eu proteger o meu povo. Dou a minha palavra que irei defender suas mulheres, crianças e idosos com a minha própria vida! Isso é um pacto de sangue!

Jurema pega sua faca, faz um risco na palma da mão e oferece a faca ao cacique Ubiratan, que faz o mesmo e junta a sua mão com a dela perante todos. Kauã, orgulhoso de sua mulher, também faz seu juramento:

— Meu arco e flecha é para proteger até vocês que afrontaram minha Jurema. Vou defender todos e precisamos de união para nos fortalecer contra esse demônio do coronel Rodrigues!

Ibiraçu, um dos guerreiros, irmão do cacique, se levanta contra o sobrinho e o encara:

— Você fala desse jeito porque foi sua mulher que criou essa confusão para nós!

Kauã vai para cima dele para lhe dar uns socos, mas o pai o contém e outros dois homens seguram o tio do rapaz. Ibiraçu sai resmungando e avisa:

— Eu e minha família não vamos ficar nem mais um dia nessa aldeia para morrer nas mãos dos capangas do coronel Rodrigues.

A família de Ibiraçu sai para juntar seus pertences e partir da comunidade. Os demais presentes se juntam ao filho do cacique para ouvir a estratégia de luta. As mulheres se armam com facões e bordunas, levando trouxas e cestos com alimentos, e Jurema as conduz, com os seus filhos e netos e os idosos a uma trilha que vai dar no pequeno riacho de Pitangui.

A caminhada até o destino é difícil devido às pedras pontiagudas no meio do mato e ao solo bastante alagadiço. As crianças mais novas são carregadas nas costas pelas mães, os adolescentes ajudam com as bagagens mais pesadas e os idosos caminham devagar, levando cachorros e cabras, seguindo a trilha guiada por Jurema.

Depois de duas léguas de caminhada, param para beber água e comer um pedaço de rapadura com queijo coalho e beiju, para seguirem com sustança na viagem. Algumas crianças precisam fazer suas necessidades fisiológicas e as mães as auxiliam a se aliviarem no mato e a se limparem com as folhas de bananeira que levavam nas cestas com os beijus de coco.

Já é tardinha quando chegam à entrada de uma gruta coberta por samambaias rasteiras pelo solo alagadiço. Jurema os acomoda dentro da pequena caverna com muito cuidado, especialmente os idosos e os pequenos *curumins*.

— Vocês ficam aqui. Tem água que passa no riachinho do lado, com peixes fáceis de fisgar com as varas, tem pés de caju, manga e pitanga por perto. Aqui é um lugar pouco explorado e estarão seguros. Não saiam daqui até receberem um sinal de que podem voltar para a aldeia.

Yara, emocionada, abraça a amiga.

— Eu nunca vou esquecer de sua generosidade com todas nós, minha *anama*[4] querida.

As mulheres e crianças arrodeiam Jurema e agradecem com beijos e abraços pela ajuda e pelo livramento. Poucas vezes em sua vida ela se sentiu tão vulnerável e prestes a chorar. Depois de respirar fundo, retorna para a aldeia correndo como uma loba, saltando entre arbustos, pedras e galhos no caminho.

4 Parenta.

A noitinha vem chegando, trazendo a escuridão na mata e no canavial. Na fazenda do coronel Rodrigues, ele e Antunes reúnem dez de seus capangas montados a cavalo, armados de rifle e tochas de fogo, e seguem juntos em direção à aldeia Potiguaçu.

Quando passam pela entrada da aldeia, flechas voam no ar, atingindo as mãos de dois dos jagunços, que deixam cair no chão as tochas que traziam. Mais duas flechas tiram as armas do coronel Rodrigues e a pistola do capataz Antunes. Os guerreiros apagam as tochas enfiando-as no barro úmido e pegam as armas, enquanto os capangas jogam outras armas para os dois e tentam acertar os nativos, que somem na escuridão. Quatro tiros são disparados, mas não atingem Kauã e seus companheiros, que seguem o plano de guiar os bandidos até o ponto onde estava armada uma surpresa calorosa para eles.

Os nativos, acostumados a enxergar à noite, não precisam das tochas, mas poucos entre eles sabem usar as armas de fogo dos brancos. Por isso, Kauã e o cacique Ubiratan se apossam das armas para seguirem o pensamento que tinham de diminuir o poder de fogo dos inimigos.

Antunes pede que seus homens se espalhem e prestem atenção a qualquer movimento ou vulto que surja na escuridão, e que protejam o coronel. Os nativos, bem devagar, passam agachados perto dos cavalos de quatro dos capangas que se afastam do chefe do bando e pulam por trás, agarrando-os de surpresa. Todos caem ao chão em luta corporal com os guerreiros e logo são contidos pelas bordunas, com pauladas que os fazem perder os sentidos.

O coronel fica nervoso quando percebe que restam seis de seus homens e que os nativos sabem lidar com a escuridão como aves de rapina e raposas famintas.

— Antunes, faça alguma coisa! Esses selvagens não podem mais do que nós, homens de bem!

O coronel berra de ódio, cercado por quatro jagunços que lhe dão a retaguarda.

Antunes e seu filho, Matias, sobem no telhado de uma das taperas e de cima conseguem identificar alguns dos nativos. Recomeçam os disparos e dois guerreiros caem mortos. O coronel se alegra e pede que queimem as casas para obrigar os outros nativos a sair.

Matias e Antunes conseguem acender outra tocha e começam a incendiar as taperas pelos telhados de palha. Kauã sobe no telhado de uma das taperas perto do ponto onde está o coronel e pula em cima dele, encostando a sua peixeira no pescoço do maldito e lhe fazendo de refém.

— Soltem todos as armas, senão eu mato o patrão de vocês!

Antunes sente-se acuado e faz um gesto giratório com a cabeça, indicando ao filho que saia do telhado e contorne o outro lado. O capataz finge que está disposto a obedecer e joga a arma no chão. Os comparsas seguem o mesmo gesto do chefe do bando, enquanto o filho dele já se encontra em cima do telhado do outro lado e vem vagarosamente por trás, apontando a arma para a cabeça de Kauã, que mantém o coronel como refém.

Jurema finalmente pega seu cavalo, que deixou na porteira da casa, e se aproxima da aldeia. Do alto de um lajedo, avista as chamas das labaredas queimando as taperas.

A distância de onde deixou as mulheres, as crianças e os idosos era muito grande e fica com medo de ter chegado tarde demais.

Matias já se preparava para disparar sobre a cabeça do filho do cacique quando é atingido por uma flecha no peito e cai agonizando de cima do telhado. Antunes se desespera ao ver seu único filho morto no chão. O coronel identifica um vulto de onde veio a flecha lá no alto. Aponta para Antunes, que, com ódio nos olhos, reconhece Jurema, filha de Jacira, que benzia seu filho quando ele era pequeno.

Kauã se distrai ao reconhecer sua mulher, e o coronel Rodrigues aproveita para dar-lhe um soco e se livrar da faca encostada em seu pescoço. Os capangas que davam a retaguarda ao patrão agarram o jovem nativo e começam a espancá-lo. O cacique, que estava escondido por trás da janela de uma das taperas em chamas, ao ver a situação do filho, tenta atirar com uma das armas que guardou dos bandidos, mas tem receio de errar e atingir Kauã. Ouvem-se dois disparos e os bandidos caem mortos sobre o jovem guerreiro, que descobre que os tiros não foram dados pelo seu pai, quando se junta a ele por trás do barraco.

Jurema dá um novo disparo do alto do lajedo e mostra o rifle prateado, que cintila na escuridão. O coronel reconhece a arma dada de presente ao primogênito e se enfurece de ódio. Ela o enfrenta:

— Eu poupei o seu filho, apesar de ele abusar das mulheres da aldeia, mas juro lhe matar, coronel, por cada vida perdida nesta noite!

Esbaforido, ele responde a provocação aos gritos:

— Antunes, você e os dois homens que restaram prendam todos os que encontrarem e levem para a fazenda. As crianças botem no curral dos bodes e violentem todas as mulheres. Matem as que resistirem. Eu vou caçar essa selvagem maldita!

O coronel segue à galope na caça de Jurema, enquanto os capangas se divertem diante da missão dada por ele. Porém, logo descobrem que não há crianças, nem mulheres, nem idosos na aldeia e entram em confronto com os guerreiros. São três homens com armas de fogo para dar cabo de nove nativos armados de arco e flechas e bordunas. Os capangas se acham na vantagem e se arriscam invadindo cada tapera em busca de vítimas com a arma em punho. Kauã faz um sinal, lembrando aos guerreiros da armadilha que fizeram no terreiro, e tentam atrair os bandidos para fora das casas até o destino.

A situação fica ainda mais difícil quando um dos jagunços encontra uma família inteira escondida dentro de um forno da casa de farinha. Antunes decide usá-los como isca para deter os outros nativos. Leva-os para fora da casa e ameaça ir matando do mais velho ao mais novo se todos não aparecerem no terreiro.

É a família de Ibiraçu, irmão do cacique Ubiratan, que se negou a seguir as orientações de Kauã a respeito do plano de proteção da aldeia. A esposa e os dois filhos choram ao ver Antunes com a arma encostada à cabeça de Ibiraçu, enquanto os outros dois bandidos apontam para as crianças e a mãe.

— Bora, cambada! Saiam dos buracos onde estão ou estouro os miolos desse índio nojento!

Kauã havia combinado com os companheiros que, se eles estivessem encurralados, não deveriam ceder, mesmo que isso lhes custasse a vida. Mas Ubiratan não estava suportando ver seu irmão sendo humilhado diante da mulher e dos filhos, e pede ao filho que o deixe ir. O jovem faz um sinal de negação e pede que ele se mantenha escondido.

Arma sua flecha e pede para mais dois arqueiros de pontaria certeira soltar as flechas ao seu sinal, mostrando a mão dos bandidos como alvo. Quando Antunes prepara o gatilho, uma flecha perfura sua mão, e ele deixa a arma cair; o mesmo acontece com seus dois comparsas. Os guerreiros rapidamente tomam as armas dos bandidos e os capturam antes que reajam.

Enquanto os guerreiros conduzem os bandidos para a armadilha que prepararam, Ibiraçu se ajoelha perante o sobrinho e o irmão, pedindo perdão e agradecendo por salvarem a vida de sua família. Antunes, sem que ninguém perceba, pega um canivete que trazia no bolso traseiro da calça e o esconde no bolso da frente.

Quando os guerreiros vão amarrar os bandidos, se organizam em duplas para prender os pés e as mãos dos meliantes. A mão direita de Antunes sangra devido à flechada, mas ele contém o sangue enrolando-a num lenço. Logo percebe o esquema dos nativos e se prepara para agir. Deixa seus comparsas serem jogados no buraco cavado como armadilha e, quando vão pegá-lo, o capataz os surpreende cravando o canivete no rosto do nativo que o pegou pelos ombros para atirar no buraco. Em seguida, fere Kauã no ombro esquerdo e sai correndo em direção ao seu cavalo.

O guerreiro reage, pega um dos cavalos e um rifle que estava no chão. Dispara, mas erra o alvo.

O cacique sente orgulho do filho, mas pede que dois guerreiros o sigam para lhe dar reforço nessa peleja. Eles pegam outros cavalos dos bandidos e levam também uma arma de fogo e seus arcos e flechas. Enquanto os companheiros saem em busca de Kauã, o cacique teme uma desgraça. Chama os companheiros para apagar o fogo das taperas e a família de Ibiraçu segue com eles.

A CAÇADA

Antunes passa na fazenda para limpar o ferimento da mão, fazer uma atadura, pegar mais armas e recrutar outros dois capangas, Zé Badalo e Mané Caroço. O grupo segue a trilha do coronel e consegue alcançá-lo. Os comparsas levam tochas e encontram o patrão caído no chão, com dificuldade de subir no cavalo.

— O que houve, coroné? — pergunta Antunes, assustado, se aproximando dele.

— Não sei o que diacho aconteceu, eu tava no galope, quando de repente senti uma coisa me puxar do cavalo e me jogar para o chão... Depois ouvi uma gargalhada medonha, que me arrepiei... Daí não consegui mais me levantar... Acho que torci o pé...

Antunes tenta levantá-lo.

— Bora, homens, ajudar o nosso patrão!

Os três homens se juntam para ajudar o patrão a subir no cavalo. O idoso geme de dor e esbraveja:

— Ah, se eu pego o mardito que me empurrou de cima do cavalo! Eu corto as tripas e dou pros porcos!

— Patrão, isso tá parecendo coisa do Curupira, ou da Caapora, eles num gosta de gente na mata nessa hora, sem permissão... — fala o jagunço Zé Badalo enquanto arruma as rédeas do seu cavalo.

— Arre, deixe de burrice, Zé Badalo! Foi algum de meus inimigos gente ruim, covardes... — o coronel resmunga, ajeitando o chapéu.

Mané Caroço se mete e vai logo explicando:

— Mas, patrão, isso é sério, visse? Essa Caapora também é conhecida como Comadre Fulorzinha, minha avozinha sempre me falou que...

— Parem com isso! Bora atrás daquela selvagem, já perdemos tempo de mais ouvindo essas superstições! — o coronel corta a conversa, impaciente.

— Está muito certo, patrão, bora logo! — diz Antunes subindo no seu cavalo.

A pouco mais de duas léguas dali, Kauã vem chegando, e, antes de seguir os rastros de Antunes e do coronel, tira seu maracá, se ajoelha e pede autorização e permissão aos encantados da mata para adentrar o território deles em busca de sua Jurema. Divide em duas partes um rolo de fumo que tira do bisaco e uma cabaça de mel em duas cuias de barro.

— Esses presentes são para vocês, Comadre Fulorzinha e Compadre Curupira. Peço a vocês a graça de enfrentar a maldade e a escuridão da noite, para encontrar e salvar a minha amada Jurema.

Kauã deixa as oferendas em pedras distantes, uma do lado direito e outra do lado esquerdo da trilha de entrada da mata, então se levanta e sacode o maracá novamente, desta vez girando mais quatro vezes, devagar. Quando vai colocá-

-lo no bisaco, surge um carcará de olhos claros como fogo, que voa até ele e se acomoda em seu ombro.

A ave encantada ilumina a entrada da mata. Kauã percebe que a escuridão da trilha se dissipa, mostrando os rastros de pegadas dos cavalos, com ferraduras semelhantes às da fazenda Rodrigues. À medida que caminha, a ave vai lhe guiando com a luz dos seus olhos.

Mais adiante, o guerreiro percebe que as marcas dos cavalos se dispersam entre os arbustos da mata.

— Como vou saber a direção certa que devo tomar? — fala alto para si mesmo, olhando de um lado para o outro.

O carcará desce do ombro dele, voando até um galho mais adiante à direita. Kauã dá um leve sorriso, segue até onde a ave está, e ela voa novamente para o seu ombro. Ambos continuam na procura de Jurema, passando pela mata fechada, enquanto Kauã vai abrindo espaço com o facão. Depois de muito esforço nessa picada, enfrentando a vegetação densa de cajueiros, araçás, pitangas, paus-brasil e ipês, ele decide descer do cavalo e seguir a pé. Mais adiante, encontra um lajedo cercado de capim-navalha. O carcará voa até uma pedra e o guerreiro segue escalando e chega até a ave.

Ao adentrar a mata depois de partir a cavalo, atraindo o coronel — que a seguiu ardendo de ódio —, Jurema também pede permissão aos encantados da fauna e da flora. Desce do cavalo, se ajoelha e deixa sobre as folhas e galhos de um cajueiro pedaços de rapadura e um pacote de fumo misturado com ervas de manjericão e alecrim, feitos por sua mãe.

Surge uma clareira na escuridão da mata fechada e dela sai uma mulher nua de baixa estatura, cabelos pretos, longos até o chão, fumando um cachimbo. As longas baforadas se dissipam em meio às trevas da noite.

As duas mulheres apenas se olham, até Jurema sentir que está de frente para a Comadre Fulorzinha da Mata, uma das entidades guardiãs da natureza. A guerreira, ainda de joelhos, sorri para Comadre Fulorzinha, que chega mais perto e faz sinal para que ela se levante.

— Te conheço desde quando você foi gerada. É filha de Tupã, Pai Trovão, e de Yacy, Mãe Lua. O nosso encontro estava marcado para um dia de peleja, luta, morte e renascimento pela terra. E esse dia chegou.

Jurema escuta atentamente, admirada com a voz grave e firme da mulher, sentindo-se honrada pelos encantados com o que ela declara.

— Não se preocupe com a dura peleja que você vai enfrentar hoje. Confie e siga seu destino. Quando a hora chegar, você vai sentir que terá de abrir mão dessa forma mortal para dar conta de sua missão ancestral de proteger o seu povo e a nossa Mãe Terra.

Jurema fecha os olhos, deslumbrada, e recebe cada palavra como uma prece sagrada. Comadre Fulorzinha leva as oferendas e desaparece na escuridão da mata.

A guerreira sobe no cavalo e segue em sua missão de atrair o coronel Rodrigues até a mata. Intencionalmente, vai marcando em algumas árvores o grafismo de seu nome, a fim de direcionar sua presa até ela. Mais adiante, ela decide seguir a viagem a partir dali a pé e, para despistar seus adversários, desce do cavalo e olha bem em seus olhos, pedindo que volte para casa. O animal fecha os olhos quando ela passa a mão em sua crina branca e macia, depois se vira para o lado e devolve o olhar para Jurema, como se se despedisse dela, e então segue de volta para a aldeia.

Perto dali, o seu amado Kauã está subindo o lajedo e ouve um assovio familiar, muito usado nas atividades de caça de seu povo. Olha para trás e reconhece dois parentes da aldeia, Jaboti e Jacu. Seus irmãos de infância nas corredeiras dos rios e companheiros de caça e guerra, os dois atrapalhados mais sortudos por ainda estarem vivos em meio a tantas correrias e pelejas pela proteção da aldeia e de suas vidas. O guerreiro se apoia numa ponta de pedra e acena, pedindo que façam silêncio, e segue ao encontro deles.

— O que vocês vieram fazer aqui, parentes? Por Tupã e pelos encantados, voltem para ajudar o cacique na proteção de nossas famílias.

— Oxe, mas foi ele que pediu que a gente viesse lhe dar reforço — responde Jacu, coçando a cabeça.

— Olhe bem, sou agradecido por terem vindo, mas prefiro enfrentar o coronel e seus capangas sozinho, e vocês peguem rumo à aldeia que eu resolvo aqui. Nenhum de vocês sabe lidar com arma de fogo...

— A gente luta com nossa borduna e machadinha. Esse véio coroné vai se lascar...

O carcará bate as asas e emite um som fino, e Kauã entende o alerta da ave. Os recém-chegados se assustam ao ver o gavião acima das pedreiras e Kauã tenta convencê-los para evitar maior dificuldade na peleja. Ele conhece os dois companheiros desde a infância e sabe que, fora caçar porco-do-mato e outros animais silvestres para a alimentação própria da aldeia, eles não têm sangue-frio para lidar com homens do tipo do coronel e de seus capangas mercenários.

— Parentes, então bora fazer as coisas do meu jeito. Vocês dois viram o meu mais novo amigo piar. O carcará avisou que estamos em perigo. Então, vocês dois vão fazer o que eu mandar.

Ambos respondem concordando, fazendo sinal com a cabeça, e ouvem o plano do parente. Kauã pede que eles fiquem escondidos em lados opostos da pedreira, para avistar quem está subindo e o avisarem, usando uma zarabatana de caça de ganso, apontando para o alto na direção do inimigo.

— Espiem bem, vou ficar na parte de cima da pedreira com meu companheiro carcará, que vai me avisar se algo acontecer. Mas cês têm que prometer que vão fazer tudo que eu pedir, sem acordar nenhum bicho.

Os dois novamente concordam com a cabeça e seguem as orientações de Kauã, que continua na escalada da pedreira ao encontro do gavião.

A pouco mais de uma légua, o coronel e seus homens param para beber água na beira do rio e alguns deles vão se desapertar no mato. Coronel Rodrigues, impaciente, anda com dificuldades com o pé torcido, e se abaixa na margem do rio. Mal molha a boca d'água e já berra, chamando os capangas.

— Vamos logo, suas bestas!

Antunes traz uma cabaça de água para o patrão, que aceita e a guarda. Os dois sobem em seus cavalos, enquanto os homens saem correndo de trás dos arbustos, ainda arrumando as braguilhas das calças. O capataz e o coronel se mostram nervosos com a demora do bando na montaria e reclamam.

Quando tentam sair em direção à trilha, os cavalos relincham e refugam, derrubando os quatro das montarias.

— Que ódio! Que diabos foi isso dessa vez? Ai, minhas costas! — o coronel esbraveja, enquanto Antunes se levanta do chão e o acolhe.

— Patrão, olhe isso! Foram os marditos de novo! Espie só! — grita Caroço, mostrando os trançados nas caudas dos cavalos para Zé Badalo, que se abaixa e olha agoniado.

— Danou-se, os encantados botaram pra lascar dessa vez, patrão. Como vamos desatar os rabos dos cavalos? Só se for cortando na peixeira...

— Cale a boca, seu Zé idiota! Nunca que alguém vai cortar o rabo do cavalo de minha propriedade, muito menos com sua peixeira imunda! Antunes, cuide disso, eu vou seguindo à pé atrás daquela selvagem! Já perdi tempo demais...

— Calma, patrão, deixe que eu vou resolver esse nó. O senhor está com o pé direito torcido e a perna esquerda machucada, e já sofreu outra queda agora. Com todo o meu respeito, será alvo fácil para aquela mulher... — diz Antunes, tentando desatar a cauda do cavalo dele. O coronel faz uma careta de dor quando tenta caminhar sem apoio, mas não se agrada com as palavras do capataz.

— Ainda vai nascer quem me derrube de vez nesta terra e no inferno! Vê se desata logo esse nó, Antunes! Que diabos!

O capataz, já suado, tenta satisfazer a vontade do patrão, mas é forçado a reconhecer que não se trata de um nó comum. Deita-se em cima do dorso do seu cavalo, com a barriga para baixo, em direção à cauda, e, quando tenta desatar o trançado, o animal estranha a importunação do homem, relincha e dá outro coice, que o joga novamente ao chão. Ele se levanta urrando de raiva e tenta outra forma de resolver a situação.

Os capangas, encostados numa árvore, fumam enquanto olham o sufoco do capataz. Não conseguem disfarçar que estão achando graça do chefe e começam a rir.

— Esse nó cego tá difícil demais! Como uma criatura faz uma arte dessa tão rápido e tão ruim de desfazer? Será que isso é coisa de encantaria mesmo?

— Até você, Antunes? Chega! — esbraveja o coronel, metendo o chicote no chão, rasgando a relva sobre a terra.

O capataz respira fundo, nunca enfrentou o patrão, mas se levanta afobado, com olhos cheios de raiva. Toma o chicote do coronel e, numa cipoada intensa e voraz, fere os dois jagunços debochados, que gemem de dor com a chicotada que os atingiu da barriga ao rosto. Olha para os dois com desprezo.

— Por que vocês não vieram me ajudar, seus vagabundos?

Ele encara o patrão, com sangue nos olhos.

— Olhe bem, coronel, eu estou aqui não só a serviço, mas para vingar o sangue do meu único filho! Esqueceu disso, coronel? Então quer ir sozinho se aventurar nessa mata atrás da índia? Vá! Ela conhece cada palmo, cada folha e cada pedra desse território, conhece o cheiro e a toca de todos os bichos dessa mata. E o senhor? Acha que sabe tudo porque se sente dono das terras que seu avô se apossou? Pois digo mais, essa mulher que a gente chama de "selvagem" é cria desse solo e dessas águas e vai lutar até a morte por seu território. Eu farei o mesmo para vingar o sangue do meu filho. Por isso exijo respeito! Ninguém vai rir de mim e muito menos me tratar como cachorro!

— Eita! Te acalma, homem de Deus. Você tem razão. Estou agoniado, não tenho paciência para esperar pegar essa condenada dos infernos. Releve, você sabe que é meu homem de confiança e nem o meu filho, Fernando, tem o crédito que você tem comigo. Bora, que vou te ajudar a desatar essa trança da moléstia.

— Olha, patrão, tem outra coisa, o direito de matar a mulher da aldeia é meu! Eu perdi meu filho e disso não abro mão!

— Certo, dou a minha palavra de honra que assim será. Bora, seus imprestáveis! Venham ajudar a desatar os nós e soltar os cavalos!

Os capangas se juntam e tentam desatar o trançado que liga as caudas dos cavalos, mas levam coices quando ficam por trás dos animais porque esquecem de prender suas patas traseiras.

Depois de várias tentativas sem sucesso, os quatro homens ouvem uma risada aguda que ecoa na mata. Eles olham ao redor, procurando saber de onde vêm as gargalhadas. Caroço insiste em dizer:

— É a Comadre Fulorzinha que fez a desgraça e não vai nos ajudar se a gente não der o que ela quer. Um mói de fumo.

Zé Badalo concorda com o comparsa e se urina, com medo da entidade. Caroço se compadece do colega e implora ao coronel e ao Antunes para desistirem daquele serviço. Coronel Rodrigues fica ainda com mais ódio e cospe na cara dos dois capangas.

— Vermes covardes! Por isso vão morrer como dois indigentes, sem nem ter onde cair morto! Eu não sou homem de desistir!

— Coronel, bora deixar esses dois aqui dando conta desse enrosco e eu vou seguindo sozinho atrás da índia Jurema. O senhor está machucado, segue depois quando os cavalos estiverem soltos.

— Arre! De jeito nenhum! Pode cortar as caudas desses animais. Não tem cavalo puro-sangue que pague a minha vingança!

Antunes e os dois capangas pegam facões que traziam na bagagem para cortar as caudas dos belos animais atados pelo nó trançado que os unia em duplas. Assim que decidem pela ferramenta que usariam para esse fim, um vulto passa por eles, num redemoinho de fumaça branca e vermelha. Ouvem-se novamente as gargalhadas, ecoando agora mais fortes perto deles, seguidas por uma disparada de flechas, que passam de raspão pelas cabeças dos dois jagunços, rasgando suas orelhas. Os bandidos gritam de dor, tentando tirar a flecha pendurada na cartilagem da orelha ferida e limpar o sangue que escorre em seus rostos e pescoços. Antunes, sem se importar com os capangas, atento de arma em punho, procura saber de onde veio o ataque. O coronel pega o seu rifle e faz o mesmo. Os dois avistam um pequeno clarão no alto de um lajedo e identificam a silhueta de uma mulher em pé, de arco e flecha em meio à escuridão.

— *Heeeeeeeeeeeeiiiôôôôô... Iepé guaiú! Aíbe! Abaité anga teon!*[5]

Jurema os provoca, repetindo diversas vezes seu grito de guerra, e eles se dão conta de que o nó nas caudas dos cavalos foi desfeito. Zé Badalo é o primeiro a ver a solução misteriosa e mostra-se admirado, apontando para os cavalos.

— Valei-me, Nossa Senhora! Espia, patrão! Milagre! Milagre!

O coronel olha os cavalos desatados e ignora a admiração do jagunço. Faz sinal para todos montarem em seus cavalos e Antunes o auxilia a subir no seu animal.

— Se alguém aqui falar de encantaria, vai conhecer o poder da minha faca de estimação — declara friamente o coronel Rodrigues, se ajeitando na montaria.

Jurema os persegue com o olhar, fazendo sons semelhantes a uma coruja, e atirando uma flecha, intencionalmente guiando seus inimigos para as pedreiras de rochas íngremes e pontiagudas, onde novamente eles serão forçados a deixar os cavalos na encosta.

Quando chegam ao ponto planejado por Jurema, apeiam e amarram cavalos nos arbustos entre as pedras. Pegam suas armas e cordas, para continuar a caçada.

Todos seguem Antunes na escalada das rochas com declives cada vez maiores. O coronel, mancando, vai esbravejando de dor na perna esquerda, quebrando espinhos com

---

5 Paz e liberdade para o povo! Morte à gente ruim, de alma maldita.

as botas e o rifle. Os jagunços parecem famintos por sangue e, com Antunes, não percebem que abandonaram o coronel bem atrás na trilha.

Jurema está a uma distância de pouco mais de 800 metros dos seus adversários, acocorada por trás de um lajedo que lhe favorece proteção. Prepara o arco e a flecha e mira os homens do coronel. Flecha o primeiro no pescoço, Mané Caroço, que cai da ribanceira aos berros. Ela se prepara para flechar outro quando quase é atingida à bala por Antunes. A escalada muito íngreme dificulta o equilíbrio dos seus adversários e Jurema se beneficia disso para flechar mais um, atingindo Zé Badalo no ombro direito. O jagunço puxa a flecha do ombro, fazendo uma careta, o coronel o cumprimenta satisfeito, mas se preocupa com a perda de um de seus melhores jagunços.

Coronel Rodrigues percebe de onde vêm as flechas e indica a Antunes, que segue por uma extremidade do lajedo, enquanto ele e Zé Badalo seguem por outra. Jurema resolve usar o rifle do filho do coronel e se prepara para atirar, mas é atingida por uma bala no braço esquerdo pelo coronel. O impacto da bala e a queimação do projétil são tão violentos, que a arma de fogo cai de suas mãos e fica pendurada numa pedra pontiaguda. Antunes, com certo esforço, consegue pegar o rifle.

Jurema muda de lugar e sobe mais um pouco a ribanceira, pulando para a extremidade contrária de onde estava. O coronel, que seguiu pelo lado oposto a Antunes, percebe quando ela salta e planeja detê-la com o apoio de Zé Badalo. Ela arma nova flecha e, antes de arremessar, sente o cano do rifle em sua cabeça. É Zé Badalo, que a puxa pelos cabelos. Jurema deixa cair o arco, quebra metade da flecha e a esconde no corpo sem que ele veja, num furo da roupa entre o bolso da túnica de algodão.

O jagunço a arrasta pelos cabelos sobre as pedras em direção ao coronel. Ela se mantém em silêncio, cerrando os dentes para suportar as dores das pedras que cortam e ferem suas pernas e braços e rasgam sua roupa. Ele a coloca de pé em frente ao patrão, que a olha com nojo e lhe dá duas bofetadas. Deseja matá-la, mas sabe que esse triunfo é de Antunes, pela perda do filho. O jagunço lhe amarra os braços, sua boca e seu nariz sangram, porém ela não demonstra medo e se mantém em silêncio. O coronel assiste a tudo de arma em punho, do lado de sua vítima, que ele considera ter nas mãos.

Antunes sorri ao ver a captura de Jurema e se aproxima empunhando sua arma. Quando está a pouco mais de um metro deles, surge o carcará, que tira o rifle do capataz e voa carregando a arma. Kauã aparece de arma em punho, faz o capataz de refém e exige que o coronel desamarre sua amada. O coronel dá uma gargalhada como resposta e provoca:

— Quem disse que Antunes prefere a vida dele em troca da vida dessa mulher, que matou seu único filho? Sua índia é uma mulher morta! E você se considere um viúvo que logo vai fazer companhia a ela.

Kauã trinca os dentes de ódio e dá um tiro na perna do capataz, que urra de dor, sentindo o projétil atingir e penetrar a sua pele, queimando e ardendo. O guerreiro avisa:

— A próxima bala é na cabeça de seu melhor capitão do mato!

Comadre Fulorzinha surge por trás de Jurema e começa a desatar as cordas de seus braços. Ninguém consegue enxergá-la e ela ainda passa a mão nos ferimentos da guerreira, que param de sangrar.

Zé Badalo pensa em dar retaguarda a Antunes atirando o pequeno punhal que sempre esconde na barra da calça. Ele finge cumprir a ordem de Kauã e implora para que não mate seu chefe, enquanto se abaixa para pousar o rifle no chão. No instante em que se abaixa, Badalo puxa o punhal e o atira em direção ao seu oponente. A lâmina perfura o braço direito do nativo, que, no impacto, deixa a arma cair. Antunes, com a perna ferida, não consegue pegar o rifle antes de o guerreiro puxar o punhal. O indígena se joga em cima de Zé Badalo e o ataca, e os dois duelam no chão. Antunes tenta recuperar a arma, arrastando-se devagar durante o confronto.

Jurema solta as cordas devagar, pega o pedaço da flecha que escondia e se vira para o coronel, que se surpreende. Ela enterra a ponta da flecha no peito esquerdo dele, toma posse de sua arma e ele cai agonizando. Antunes tenta detê-la e Kauã resolve dar um fim em Zé Badalo para ajudar sua companheira. Porém, o adversário se aproveita de sua rápida distração ao olhar a mulher e pega uma pedra do chão para estourar a cabeça de Kauã. Dois disparos explodem, Zé Badalo cai de lado, com um tiro no meio da testa. Antunes é atingido de raspão na cabeça, finge estar morto e cai deitado no chão. O coronel está deitado, olhos em choque, respirando com dificuldades. Balbucia o nome de Fernando e, aos poucos, sua voz se cala, ao dar o último suspiro e morrer.

Jurema, ainda de arma em punho, fica aliviada ao ver que seu gavião está bem. Ele corre para a amada e os dois se abraçam com ardor. O capataz abre os olhos, empunha a arma e mira para matá-los, começando por Kauã. Os dois continuam abraçados, sem perceber o perigo iminente.

O carcará pia e voa acima deles. Kauã entende a mensagem da ave companheira e olha para Jurema, como se se despedisse:

— Minha Jurema, eu prometi que sempre estaria ao seu lado...

O carcará pia alto novamente e pousa sobre o peito do guerreiro com as imensas asas abertas, cobrindo-o da cintura até os ombros. Ouve-se um disparo de bala e o gavião e Kauã vão ao chão no mesmo instante, com intensidade letal.

Jurema se abaixa, todo o seu pensamento está com o amado morto junto à ave companheira. Não se importa em ser a próxima a morrer, apenas quer estar com o seu gavião. Nunca foi do tipo que chora, mas não consegue deter as lágrimas. Antunes sente que a presa está em suas mãos e fica de pé, para lhe dar um tiro na cabeça.

Jurema segura o corpo do amado juntamente com o do gavião e sente que suas mãos começam a queimar, de modo que é forçada a soltá-los. De repente, os corpos da ave e do guerreiro flutuam em chamas douradas e vermelhas, que vão se conectando numa única chama de luz flutuante, a cerca de dois metros acima do solo. A guerreira, assustada, se levanta. Antunes, em estado de choque, não consegue mirar o alvo, perplexo com a visão dos dois corpos flutuando diante dele.

Ave e homem se unem, se mesclam num só. A luz vai se condensando em diversos tons de vermelho, formando uma estrela incandescente que sobe ao céu e adquire um brilho prateado, dissipando a escuridão numa explosão em fios de luzes e raios que clareiam a mata.

Jurema, nesse instante, ouve uma voz conhecida:

— Não se preocupe com a dura peleja que você enfrentará hoje. Confie e siga seu destino. Você vai sentir quando chegar a hora em que terá de abrir mão dessa forma mortal para dar conta da missão ancestral de proteger o seu povo e a nossa Mãe Terra.

Ela reconhece seu destino e o desapego que precisa consumar. Olha para cima e abre os braços. Pensa na filha, na mãe, na aldeia e fecha os olhos.

— Oh, meus ancestrais, meus encantados e meus pais, Yacy e Tupã, venham me acolher nesta hora, meu coração sangra de tristeza por meu amado gavião Kauã, mas meu Espírito tem sede de justiça e de liberdade! Me mostrem o caminho!

Antunes, ainda nervoso, tenta controlar as emoções para executar finalmente a adversária, que está a poucos metros de distância. A guerreira ouve o piar agudo e estridente de uma ave e percebe que o inimigo se assusta. Aproveita para correr para cima dele, como quem vai sedenta devorar sua caça. O capataz não consegue se impor, se treme todo e gagueja tentando falar. Jurema salta em cima dele como uma fera e o joga no chão. Ele cai de braços abertos e bate a cabeça no solo. Ela se senta sobre o quadril do homem, pega a arma que ele empunha e a joga longe. Com a outra mão, pega a pequena faca que carrega no bolso e encosta na garganta dele.

— Seu branco nojento!

O capataz tenta afastar a faca do pescoço usando uma das mãos e Jurema rapidamente agarra e puxa para trás o braço dele ferido no ombro. Ele tenta estapeá-la com o outro braço, mas ela o mantém dominado, sentada sobre suas costas. Põe a faca na boca e agarra o braço livre, depois pega um de cada vez para esticar para frente e dobra até sentir o estalo e deslocar a junta dos cotovelos. Ele geme de dor, ela tira a faca da boca e a encosta novamente na garganta dele.

— Eu devia lhe sangrar como um animal para servir de alimento para os urubus, mas vou lhe deixar viver para ser testemunha do que aconteceu aqui, para que lembre que nós, povos indígenas, temos nossa arte de guerra, mas a usamos com dignidade e honra. Agora, se ajoelhe! Hoje você vai contemplar o poder dos nossos encantados!

Com os dois braços quebrados, ele não consegue se ajoelhar. Jurema o coloca de joelhos e o encara.

— Por que veio atrás de mim? Eu não lhe devo nada! Seu filho morreu por sua causa. Ele era um jovem de minha idade, muitas vezes curado por minha mãe, Jacira, quando era um menino fraquinho, e você preferiu criá-lo no crime em vez de lhe ensinar a ser um ser humano melhor. Não somos covardes que matam crianças e idosos.

A guerreira se levanta, joga a faca nos arbustos e se afasta em direção ao despenhadeiro que fica nas encostas da pedreira do lajedo. Na beira do abismo, ela grita:

— Gente maldita como você, que estupra as nossas meninas e as nossas mulheres e ainda rouba as nossas terras e registra como suas, merece o pior dos castigos. O seu dia vai chegar e será pelas mãos de meu povo!

A lua resplandece prateada sobre a mata e do clarão surge de asas abertas um carcará de penas cintilantes e olhos de fogo. Ele pia novamente, refletindo suas chamas, e Jurema entende a resposta de seus ancestrais e encantados. Ela levanta os braços e se joga do despenhadeiro e, antes de cair nas águas do rio que passa na enseada, é acolhida pela ave, que a apoia e a abraça com suas asas. Juntas, mergulham nas profundezas das águas. O carcará se transforma no guerreiro Kauã e continua abraçado à sua amada. Os dois são envolvidos na luz do luar. Eles se olham, se beijam docemente e outra vez se abraçam. Kauã retorna à superfície em forma de ave e Jurema é acolhida pelos Espíritos das Águas e da Terra, que a encantam, transformando-a na Mãe d'Água, Senhora das Águas, metade peixe, metade mulher, dando-lhe alguns dons de viver no mar e sobre a terra, segundo as leis e os propósitos dos encantados.

A FILHA DE JUREMA

Jurema e Kauã são dados como mortos pelos parentes da aldeia, mesmo sem que os corpos sejam encontrados. Boatos maldosos espalham que os dois fugiram juntos para a capital e vivem muito bem com a família, longe da aldeia e da miséria da zona rural. Há quem diga que os dois são selvagens que comem gente e são protegidos pelos encantados do catimbó, aos quais eles servem e fazem trabalhos. Mas a maioria preza pela imagem do belo casal e conta que, em todas as quintas-feiras de lua cheia, Jurema vem às margens procurar a sua família e se encontra com Kauã, com ele sob a forma de carcará, para protegerem os povos das aldeias dos invasores que exploram os recursos naturais das matas do litoral brasileiro.

Vinte anos mais tarde, em 1965, o país vive uma ditadura civil-militar. Potira é agora uma jovem que mora com a avó e o tio na aldeia Pindorama, na Paraíba. A casa é emprestada, a família vive modestamente do que planta na roça e pesca nos rios e praias da região. Ela é a que mais trabalha no preparo da terra e da colheita na parte da manhã, porque a avó e o tio estão idosos. Mas do que ela mais gosta é de dar aulas para as crianças da aldeia, numa escola pequena da prefeitura, mesmo sem receber muitas vezes qualquer remuneração.

A jovem, muito formosa, de longos cabelos pretos, olhos castanhos, pele marrom-avermelhada, estudou até o ginásio e se formou no magistério, pois sempre quis ser professora de educação escolar indígena na aldeia. Ela está noiva de Abaeté, filho do cacique da aldeia. Eles se conheceram ainda no ginásio e pretendem se casar na próxima festa da colheita do milho, uma tradição de seus ancestrais. O noivo é um jovem forte, de olhos puxados e pretos, com temperamento bem-humorado, e está eufórico pelo casório, trabalhando arduamente na venda do milho e da mandioca produzidos na aldeia, para juntar o dinheiro para construir a casa deles e dar conforto à sua amada.

Jacira, de pele enrugada e semblante sereno, com o corpo franzino, está costurando o vestido de noiva da neta numa máquina de costura manual. Há três meses que está nesse processo, cosendo e bordando à mão o tecido de cambraia que seu irmão, Arandi, comprou com as economias da venda de ervas, chapéus, cestas e cestos de artesanato que faz.

Potira chega e abraça a avó, que lhe mostra como está ficando o vestido e pede que o experimente. A jovem veste, e fica radiante de felicidade:

— Oh, vovó, que boniteza tá ficando!

Feliz diante do espelho encostado na mesinha do quarto onde dorme com a avó desde bebê, Potira rodopia enquanto Jacira a observa com carinho, se aproxima e lhe entrega uma caixinha de madeira.

— Minha neta querida, esse é um presente de sua mãe, Jurema.

Potira abre. Pega a mecha de cabelos negros deixada pela mãe e amarrada com um laço vermelho pela avó. A idosa revela:

— Sua mãe me entregou isso quando partimos de nossa aldeia fugidos para lhe proteger. Ela prometeu que a protegeria junto com os encantados, a você, aos seus filhos e a toda nossa geração.

A neta, emocionada, acaricia o presente e compara seu cabelo com o da mãe. Fica imaginando como era ela e o guarda na caixinha.

Chega o dia do casamento de Potira — primeiro no civil. Na capela de São Pedro, na parte da manhã e após o pôr do sol, começa a festa da colheita do milho, com mesas fartas de iguarias tradicionais. O casório é celebrado pelo pajé com rituais e cânticos tradicionais e finda com um toré, com todos da aldeia numa roda sagrada com seus maracás.

Jurema e Kauã aparecem envoltos na luz prateada sob a mata. O pajé sente a presença divina deles na euforia das danças e das cantorias e abençoa o casal, que troca de cocares e se beija sob o clarão luminoso da vó lua.

— Potira e Abaeté, em nome de nossos encantados e do grande espírito sagrado do amor e da paz, sejam felizes e unidos na esperança e na dignidade do bem viver!

O casal dorme sua primeira noite na oca de palha de manibu preparada pelos homens da aldeia e decorada pelas mulheres com perfumes de alecrim. As famílias dos noivos deixam os jovens na oca e voltam para suas taperas. Potira está nervosa para a sua primeira noite e Abaeté a acolhe com muita doçura. Ambos consumam a aliança de amor, sentindo o cheiro da fogueira que estala os galhos secos, o canto do vento nas palhas e o assobio das cigarras.

Algumas semanas depois, Potira resolve colher espigas à tarde no milharal para preparar uma canjica para o jantar, uma iguaria tradicional da qual toda a família gosta. O milharal está quase deserto, pois as famílias da aldeia preferem vir cedinho pela manhã. Ela fica maravilhada com a beleza das espigas e vai colocando no cesto algumas mais verdes e outras mais maduras. Abaeté estava há dois dias fora, vendendo milho e mandioca nas cidades vizinhas, e Potira aguarda ansiosa pelo retorno do amado.

De repente, uma mão pesada lhe tampa a boca e a arrasta para um capinzal pouco afastado do milharal. Potira vê uma tatuagem de serpente no antebraço do estranho. Ela tenta gritar e ele lhe arrocha o pescoço, ameaçando matá-la com um punhal encostado no peito esquerdo dela. Ele levanta o vestido de Potira com brutalidade e o rasga. Depois a amordaça com seu lenço de vaqueiro e a deita no chão, mantendo o punhal em seu pescoço. Surgem pássaros pretos no milharal. São ararunas. Elas voam para atacar o homem, que tenta enxotá-las, mas elas lhe bicam o rosto e ele foge. O crepúsculo do entardecer pinta de sangue o céu que escurece o milharal.

Jacira tem a visão da neta sofrendo e de um fio de sangue descendo sobre o milharal. Vai à sua casa e a encontra chorando, inconsolável. A avó a abraça com ternura, tira as vestes dela e banha a neta num tanque que armazena a água da casa. Coloca flores de maracujá, arruda e alecrim, enquanto a benze com folhas de pião-roxo. Aos poucos, Potira adormece. A avó penteia seu cabelo, canta uma canção sagrada em Tupi e tem uma visão de sua filha, Jurema, ao olhar para a neta adormecida.

— Oh, minha neta, se sua mãe estivesse aqui, nunca que você ia conhecer essa dor tão desumana para toda mulher...

No dia seguinte, Potira acorda na rede sem disposição para se levantar ou para comer. Jacira sabe que a neta foi estuprada como tantas de sua aldeia, mas respeita o silêncio dela. Seu coração de avó leva o peso de dores do passado, mas vive no presente a pior delas. Não consegue esconder do irmão tanto sofrimento e lhe conta o sucedido.

— Quem será que foi esse maldito, minha irmã? Que desgraça! Isso não podia ter acontecido! Era para eu estar com ela...

— Arandi, mesmo que a gente descubra, que delegacia iria nos atender? Nunca nosso povo teve direito nenhum, e mulher indígena pior ainda! E os delegados são todos capangas do Regime Militar, que vive capturando índios para servir ao trabalho escravo nas usinas de cana-de-açúcar, ou de minério...

— Sei, minha irmã, qualquer delegado iria botar a culpa na nossa menina e ela ia ficar mais humilhada com a falação dela por aí...

— A gente precisa de proteção dos encantados. Eu velha e você cada dia mais fraco, só sei dessa forma de nos fortalecer.

Arandi concorda com a irmã que Potira precisa restabelecer o seu espírito, pois seu corpo todo está ferido, e exigir saber dela o responsável por esse mal pode piorar o seu estado. Ambos resolvem defumar a casa e rogar proteção a Tupã e aos encantados das matas e das águas.

Potira, no dia seguinte, acorda de madrugada para cuidar das plantações de feijão e macaxeira dos tios. O roçado é pequeno, mas atende à alimentação e à economia solidária da família, com os parentes nas trocas de mercadorias e vendas nas feiras da cidade aos domingos. Ela se concentra na roça sem pensar no descanso, como forma de ocupar a cabeça e não lembrar do dia de terror que sofreu. Deseja desesperadamente que o tempo passe, mas a vida diária carrega suas consequências, as situações adversas daquilo que vivenciamos. E isso a jovem não consegue administrar, pois percebe mudanças físicas no seu corpo e, algumas semanas depois daquele nefasto episódio, sente enjoos. Jacira desconfia de que a neta esteja grávida e lhe avisa que deve conversar com seu marido, Abaeté. Ela não se sente bem e se perturba ao pensar que o filho que espera pode não ser do marido.

Ela comunica ao esposo a gravidez e Abaeté fica feliz com o nascimento do seu primeiro filho:

— Oh, minha Potira querida, vou cuidar com muito amor de vocês dois! — diz, feliz, acariciando a barriga da mulher.

Ela fica em silêncio, sentindo-se nervosa, angustiada e suja por não contar a verdade para seu amado, um homem bom que sempre demonstrou ser honesto e sincero com ela, sua avó e seu tio.

O futuro papai olha para a esposa, acaricia seus cabelos longos e macios, toca seu rosto e tenta fazê-la feliz. Acredita que esse estado de nervosismo seja por causa da primeira gravidez, algo comum para as jovens recém-casadas. Decidido a deixá-la mais animada, todos os dias lhe traz algo da feira, como flores do campo, doces de frutas, camisolas de renda, que ela agradece sem entusiasmo.

Jacira conversa com Abaeté e o aconselha:

— Tenha paciência com Potira, com o tempo ela se sentirá mais segura e mais realizada como mãe. Essa é uma fase muito especial, mas também difícil na vida de toda mulher.

O temperamento otimista de Abaeté, forjado no amor por sua Potira, não o deixa abatido. A aparente frieza da mulher perdura todo o tempo da gravidez. Ela sente dores constantes, depois vêm as dificuldades de locomoção, quando seus pés incham muito e ela tem que parar de trabalhar na roça, passando a maior parte do dia na rede ou na cama. Jacira faz escalda-pés com alecrim e cascas de laranja, dando massagens nos pés e nas pernas da neta, até ela conseguir relaxar e adormecer.

O NETO DE JUREMA

Chega o inverno e o nascimento do filho de Potira. Ela sente dores desde o primeiro mês e está fraca, pois seu estado depressivo aumenta a indisposição e a impede de melhorar de saúde. Jacira e Arandi se preparam para fazer o parto dela. Abaeté está aflito e reza ao pé do altar, do lado da janela, e olha preocupado para o tempo que muda, indicando tempestades.

— Tupã, Senhor dos trovões e da coragem, Maria, mãe de Deus, permitam que o meu filho venha com saúde e paz... Eu lhes imploro com fé e humildade...

A noite cai trazendo ventanias, relâmpagos e trovões. Depois de muitas contrações, Potira dá à luz de cócoras. Seu filho vem ao mundo pelas mãos da bisavó, Jacira. Ela limpa o *curumim* numa água morna de alfazema. É um menino com a pele mais clara que a de Potira. Ele chora e se acalma ao ser enrolado num pano de algodão pela bisavó. O tio pega o menino e o mostra a Potira, que vira os olhos para não vê-lo. Então fecha os olhos e adormece. Abaeté entra no quarto eufórico, contempla o menino e segura-o com ternura e cuidado. Olha a mulher dormindo e lhe beija a testa. O pajé escolhe o nome do *curumim*, que passa a ser chamado de *Yakecan*, que significa *trovão*, porque nasceu numa noite de trovoadas para superar suas tempestades.

Jacira encontra uma prima da aldeia que aceita ser ama de leite do bebê, pois Potira não tem leite para amamentar. A criança chega aos seis meses sem que a mãe tenha leite para lhe dar ou ânimo para cuidar. A bisa lhe faz mingau de milho e sopinhas de legumes com leite de cabra para prevenir o menino de doenças. Abaeté estranha a frieza da mulher com o menino, mas é orientado pelo tio dela a ter paciência com seu estado depressivo.

Em pouco tempo, o menino começa a querer sair da rede sozinho quando acorda. Em uma das tentativas de ficar de pé, a bisa não está no quarto. Ele olha para Potira, que está na outra rede da sala, e balbucia um som parecido com "mamãe". Ela olha para ele, como se pela primeira vez o escutasse. O menino repete a mesma palavra várias vezes e ela parece despertar de um pesadelo. Abre os olhos e sorri. Yakecan dá um grito de alegria e, no movimento de impulso que faz para a frente, cai da rede e grita de dor. Potira corre até ele e o pega pela primeira vez, em prantos, como se lavasse todas as suas dores dentro daquele abraço demorado e molhado de lágrimas. Jacira chega com Arandi e ambos se abraçam, comovidos pela visão de amor que presenciam.

A família depois percebe que Yakecan pode ter fraturado o joelho na queda, e o levam ao posto de saúde da aldeia, mas não havia recursos para uma avaliação correta. O médico de plantão não tinha especialidade no caso e apenas passa uma injeção anti-inflamatória e um analgésico infantil, para diminuir o sofrimento da criança.

Demoram uma semana para conseguir um caminhão pau de arara até João Pessoa. O médico ortopedista de plantão examina o raio X sem dar soluções. O exame mostra uma lesão no joelho do bebê, um pouco evoluída pela demora no socorro do menino, e acusa que a deficiência pode ser irreversível na perna esquerda, mas que não o impedirá de ter uma vida saudável. Potira sente-se culpada por não ter dado atenção ao filho pequeno quando ele estava sozinho na rede. Olha para ele e a sua tristeza vai logo se dissipando enquanto o vê dormir com um sorriso pleno de ternura.

Yakecan cresce forte e feliz. Mesmo com dificuldades de locomoção, começou a andar aos dez meses, deixando os pais cheios de alegria. A partir dos cinco anos, acompanhava Potira no roçado e lhe ajudava a colocar as sementes nas covinhas da plantação. A mãe sente orgulho do seu pequeno, correndo pelos canteiros de feijão e milho. Quando estão em casa, ela sempre lhe faz doces de frutas para comer com queijo coalho. As roupinhas dele logo ficam perdidas e a bisavó costura calções e camisas na máquina ou na mão para o menino cheio de energia.

Os avós lhe ensinam cantigas do seu povo e ele as canta, repetindo as cantorias em Tupi e em português. O menino manca quando anda, mas isso não o impede de se envolver nas brincadeiras com as crianças da mesma idade da aldeia, de correr e até jogar bola e peteca com os *curumins* de seis e sete anos da comunidade.

DE VOLTA PARA CASA

Potira resolve ajudar o esposo na feira para juntarem mais rápido o dinheiro para construir a casa própria na comunidade, mas a avó comunica que precisa entregar a casa ao parente que a emprestou por tanto tempo, sem cobrar nenhum tostão. No mesmo período, Abaeté recebe o convite de um primo de Baía Formosa para ajudá-lo no comércio de camarão como sócio, dando a ele parte da renda do negócio. Ele se anima com a esperança de melhorarem de condições e convence a mulher a tentarem a vida como comerciantes independentes de peixe e camarão. Jacira e Arandi preveem que o destino pode levá-los de volta ao passado e temem outra desgraça na família, porém decidem ir com eles para protegê-los. Ambos recordam que o destino de Jurema está ligado à sua geração e ao seu povo.

— Arandi, e agora? Como será que estão as coisas por lá? Tenho medo de voltar para nossa terra e acontecer mais sofrimento...

— Mas, minha irmã, eu sei que não será fácil, mas teremos apoio espiritual maior dos nossos encantados. Esqueceu o que foi revelado quando achamos Jurema e a adotamos? Lembra o que os encantados declararam no dia do casamento dela com Kauã? Nossa neta vai estar protegida, juntamente com seu marido e filho.

Jacira responde com um aceno de cabeça e abraça o irmão.

Abaeté se organiza para se mudar com a família após juntarem parte o valor combinado com o primo para consumarem a sociedade comercial. Yakecan está com quase seis anos e Potira está grávida de sete meses. Desta vez, muito disposta. A família viaja de pau de arara até o município de Mataraca e de lá pegam um carro de lotação para Baía Formosa. O veículo é uma rural mal-conservada e o motorista se mostra bruto e de má aparência, como se estivesse de ressaca e há dias sem tomar banho.

Durante a viagem, o carro para numa estrada de barro. Arandi percebe que estão a dois quilômetros da antiga aldeia Potiguaçu. O motorista sai para olhar o motor do veículo e se mostra inquieto ao comunicar defeito na partida. Todos saem para se arejar debaixo de uma mangueira enquanto o motorista pega umas ferramentas na mala do carro. O menino tem sede e Potira vai pegar a bolsa que tem o lanche que guardou para a viagem. Ao se aproximar, se surpreende com o motorista remexendo nas bagagens da família e grita assustada. Abaeté se aproxima, preocupado, e avança para cima do homem. O ladrão saca uma arma e todos se afastam amedrontados. Arandi lança uma pedra no bandido, que perde o equilíbrio quando sente a pedrada nas costas. A arma cai e Abaeté aproveita para se atracar com o larápio, rolando no chão entre socos e pontapés. Potira se apavora e o menino chora assustado com a cena do pai brigando e sendo machucado.

O bandido consegue se livrar do confronto corporal por um instante e aproveita para pegar a arma do chão e agarrar o menino, fazendo-o de refém. Todos se desesperam quando ele ameaça matar a criança. Potira, aflita, oferece o dinheiro das economias da família para que o devolva. Ele, desconfiado, finge que vai atirar. Abaeté se ajoelha, em humilhação, para que ele não cometa essa desgraça, enquanto Potira chora abraçada ao tio, que tenta lhe acalmar. Jacira pega o pacote com o dinheiro da família e oferece ao homem, se aproximando dele com mansidão e cuidado. O homem segue na ameaça, mas, ao ver a idosa de braços abertos em lágrimas, pega o pacote e solta o menino. A bisa o abraça, aliviada, e todos se juntam a ela num abraço caloroso, e nem percebem que o ladrão dá partida no carro e leva toda a bagagem deles no porta-malas.

Algumas horas se passam e a família continua debaixo da mangueira, pois ainda estão indecisos quanto a que destino seguir. O menino dorme no colo de Potira, Jacira reza em silêncio, Arandi fuma seu cachimbo e Abaeté tenta pegar mais mangas do pé para enfrentarem a fome. Surge um trabalhador do canavial na estrada de barro. O homem preto para e reconhece o velho pajé, Arandi. Ambos se cumprimentam e a família sente um alívio por encontrar ajuda do bondoso Moacy, homem humilde que lhes oferece o pouco que tem.

— Oi, meu povo, sou pobre, mas a carroça tem muita fartura. Vou ficar feliz se aceitarem.

Todos se fartam com beiju de mandioca mole e peixe frito feitos pela sua mulher, dona Yara, que Jacira recorda ser a melhor amiga de Jurema quando era menina na aldeia e brincava na mata. Depois de matarem a sede com água de coco colhido no roçado, o bondoso amigo convida a família para pousar em sua casa.

No caminho para o vilarejo, Jacira e Arandi se entristecem ao contemplarem a imensidão do canavial por toda parte, no lugar das nascentes do rio doce e das árvores nativas da região da Zona da Mata. Moacy mostra as casas da vila, construções pequenas e precárias de alvenaria marcadas com o brasão da família Rodrigues, que há mais de quinze anos domina a produção açucareira da região. Potira e Abaeté ouvem atentamente o recém-amigo da família e comparam com a vida que tinham na aldeia que deixaram na Paraíba. O menino dorme no colo do pai.

A casa número 11, da família de Moacy, é mais conservada que as outras, deterioradas pelo tempo e sem reformas. Ele e seus filhos cuidam da casa por conta própria e os mais velhos trabalham na lida da cana. Yara vem recebê-los sorridente e se emociona ao reconhecer o pajé e Jacira. Oferece café com rapadura e queijo coalho feito por ela, além de água fresca do pote em copos de alumínio.

— Que alegria rever você e o pajé, mãe Jacira. Eu e muita gente desta comunidade devemos a vida a Jurema e Kauã. Ela levou todas as mulheres e crianças para uma gruta, um lugar que tinha um riachinho do lado, com peixes fáceis de fisgar com as varas, muitas frutas para colher. Ficamos quase um mês escondidos, até chegarem Jaboti e Jacu nos chamando de volta para a aldeia, dizendo que a Comadre Fulorzinha avisou pra eles que a poeira tinha baixado.

— Nossa! Arandi e eu tivemos que fugir com Potira para que Jurema e o marido pudessem seguir na peleja. Ficamos na Paraíba com nossos parentes de lá e não tivemos mais notícias deles dois. Mas sei que estão bem, porque todos os dias os encantados me dizem que eles estão por perto.

— Que mulher corajosa a Jurema! Eu creio que os dois vivem com os seres das matas e dos rios, porque, apesar de nossa gente ser tão explorada pelo Seu Fernando, ele não conseguiu nos tirar de nossa terra...

— Mas, Yara, ele se apossou de tudo aos poucos, como o pai dele queria. Aqui era a aldeia de vocês, território ancestral do seu povo. O Fernando, depois que o pai morreu, fez alianças com o prefeito e o governador, com trocas de favores, e foram expulsando os nativos nesses últimos quinze anos. Ficou ainda mais rico que o pai e tomou a aldeia, ferindo o pai de Kauã e deixando o cacique numa cadeira de rodas até hoje. Os guerreiros que enfrentavam eles morriam ou se tornavam empregados na usina para não passar fome...

— Verdade, Moacy. A única coisa boa foi eu lhe conhecer quando trabalhava no canavial e juntos formarmos nossa família...

Os dois se olham sorrindo e seguram as mãos um do outro, recordando o dia do primeiro beijo, quando ela foi pedida em namoro por ele, com medo de não ser aceito por ser um homem negro.

Os filhos jovens do casal ouviam tudo em silêncio. Yanna, uma moça de dezoito anos, Rudá, um rapaz de dezessete anos, e o caçula, Piatã, de quinze, já conheciam bem a história da mãe indígena e a respeitavam muito por sua coragem em proteger a família acima de tudo, sem perder a alegria e esperança de viver. Yara sempre estava disposta a cuidar da casa, da roça e a ajudar seus parentes.

Todos da família de Jacira ouviam as conversas do casal, donos da casa, contando as lutas que o povo tinha, sem apoio de ninguém da justiça ou do governo, pelos seus direitos às terras e à proteção e segurança física e moral. Potira cada vez mais ficava impressionada com a bravura da mãe e sua coragem e generosidade de lutar por seu povo, sem medir esforços. Se orgulhava de seu pai nessa comunhão com ela e com a aldeia. Estava ali conhecendo a história de seus pais, sentindo-se acolhida, num clima de muito afeto e amizade.

— Nem sei como agradecer esse acolhimento, dona Yara. Minha mãe e você foram amigas, espero ser também, será uma honra para mim...

Yara se levanta e a abraça.

— Me sinto sua madrinha, mais que tia e que amiga, tudo junto. Já lhe amo muito, visse?

As duas se emocionam e todos batem palmas, felizes por esse momento lindo de encontro entre as duas famílias.

Já no final da tarde, Moacy e Yara planejam com os amigos como arranjar uma moradia na vila para que Abaeté trabalhe na usina e depois os acomodam na casa pequena, em redes e colchões de palha. A família se sente acolhida e menos tensa pelas perdas que sofreu. Estarem juntos é o bem mais precioso que têm.

No dia seguinte, Moacy leva Abaeté e Arandi para negociarem a moradia da família no vilarejo e são recebidos pelo gerente no armazém de vendas da usina Rodrigues. Quando o gestor levanta a cabeça após finalizar uma ligação, o idoso reconhece que se trata do antigo jagunço do finado coronel Rodrigues, Antunes. Ele é o homem de confiança também do filho, Fernando Neto, atual poderoso latifundiário da região. O velho capataz nunca se esqueceu da experiência que teve no alto da pedreira, com Jurema e seu gavião, Kauã, mas nunca assumiu sua derrota nem reconheceu o poder dos encantados naquele dia de peleja. Ao contrário, sempre manteve uma narrativa de arrogância e desprezo pelos indígenas, exaltando o heroísmo dele próprio e do finado coronel Rodrigues na luta contra os selvagens na mata. Colocava-se como vítima e sobrevivente de magia negra e catimbó dos nativos. E essa era a verdade que ele tinha espalhado nos vinte anos anteriores, o que o fazia ser estimado pelos exploradores grileiros e ricos comerciantes agropecuários de todo o Nordeste, por onde circulavam os seus causos com os indígenas na disputa do território.

Antunes tem os braços mal alinhados por causa das fraturas que sofreu no confronto com Jurema, por isso escreve com dificuldade suas anotações da produção enquanto ouve as boas recomendações que Moacy dá sobre os dois homens ali presentes. Ambicioso, o capataz se interessa em ter mais braços fortes para a produção da safra do ano e não relaciona o parentesco deles com Jurema. Empresta a casa conforme as normas da usina e ambos assinam o contrato que registra o início de uma vida de injustiças trabalhistas.

A família se muda para a casa 20 da vila, trazendo apenas a roupa do corpo, um pouco de dinheiro e alguns pertences que estavam nos bisacos de Jacira e Arandi quando desceram da rural, antes de serem roubados. A casa é de alvenaria, pequena e malconservada, mas isso não os impede de sonhar com dias melhores. Esse é o tipo de casa que substituiu as taperas de barro batido e telhado de palha da aldeia, mudanças feitas pela empresa dos Rodrigues para a agora vila de operários, para facilitar o domínio sobre os trabalhadores e moradores da comunidade.

Yara organiza um mutirão com as mulheres da vila para ajudar os recém-chegados e, quando sabem que Jacira, mãe de Jurema, retornou trazendo Potira, a filha da mulher que lutou por seu povo, todas se esforçam para que tenham um bom recomeço de vida na comunidade. Durante o mutirão solidário, trazem mesa, cadeiras, tamboretes, redes, lençóis engomados, toalhas de algodão, panelas de barro e de alumínio, brinquedos para o menino e até roupas para todos da casa. Os homens, instruídos por Moacy, contribuem com sacas de feijão-verde, farinha de mandioca, batata-doce, óleo de coco, frangos, ovos e carvão. Todos da família ficam emocionados e sentem-se acolhidos e esperançosos.

Em poucos dias, a casa está pintada e arrumada, a família recebe visitas de todos que conheciam os pais de Potira e trazem mais roupas para o filho dela e para ela, que está grávida. Os dias seguem com os homens da casa indo para o serviço duro da usina, no qual Arandi, já idoso, tem ajuda dos parentes para dar conta de bater sua meta de produção. E assim a vida vai moldando o cotidiano de sol, suor, sonhos e batalhas.

INFERNO NO CANAVIAL

Quatro anos mais tarde, Potira tem agora três filhos. Além de Yakecan, de nove anos, chegaram Jandir, de quatro, e Anahí, de três anos. Ela ensinou o menino a ler e a escrever em casa e ele já a ajuda nos afazeres domésticos, cuidando das compras no mercado, lavando a louça, varrendo o quintal, e continua indo com a mãe cuidar do roçado, mas plantando e colhendo com mais autonomia. As meninas são muito unidas e passam a maior parte do dia sob os cuidados da bisavó, Jacira, brincando com suas bonecas de sabugo de milho e de chuchu, feitas por ela. Elas vivem uma infância lúdica, sem se dar conta das adversidades que cercam o lugar em que vivem.

A avó de Potira conta histórias de seus ancestrais para os bisnetos todas as noites após o jantar, o que é um alento para a vida sofrida da família, que, apesar das dificuldades, se mantém unida na fartura ou na falta do pão. O velho pajé, nas suas poucas horas livres, ensina as crianças a fazerem peteca, a identificar as ervas e suas finalidades medicinais e milagrosas, assim como ensina cânticos sagrados na língua Tupi.

Abaeté consegue produzir conforme as exigências do gerente da usina, mas Arandi não atende às normas de produção. Está velho e enfermo e sente-se culpado por aceitar a ajuda do menino Yakecan para evitar aborrecimentos. A mãe se conforma em ver o filho na labuta por amor ao tio idoso. Ela pensa nas duas filhas menores para sustentar e tem consciência de que deve prepará-las desde cedo para enfrentar a vida dura que a família tem. Tudo isso Potira guarda num diário que usa como descarrego dos dissabores constantes enfrentados pela família e pela comunidade.

A bisavó, Jacira, tem sonhos com a filha, Jurema, que lhe avisa, por meio de metáforas, os desafios e as lutas que a família ainda vai enfrentar.

— Arandi, o sonho mostrava uma nuvem escura que crescia, depois surgia um pássaro prateado cortando a escuridão e se abria uma porta que dava entrada para o rio doce, onde Jurema se banhava. Ela me chamou e disse que a nossa peleja não acabou, mas venceremos sobre o inimigo se a comunidade se unir à nossa família...

— Entendi, irmã... A gente voltou para continuar a luta por justiça, mas não vamos conseguir sem apoio do povo que aqui vive. Se eu pudesse exercer a prática espiritual abertamente na comunidade, poderia ensinar aos mais jovens a necessidade de nos unirmos nessa peleja.

— Arandi, a gente mantém as nossas rezas e defumações às escondidas, porque eu entendi que teremos reforços dos encantados nessa batalha.

— Espero estar junto nessa luta, minha irmã, e poder fazer justiça ao nosso povo.

De mãos dadas, os irmãos se concentram e rezam em sua língua Tupi.

No dia seguinte, no canavial, Abaeté, o filho e Arandi estão cortando cana para colocar no caminhão que vai abastecer a usina quando o idoso se machuca com o facão, que cai sobre o seu pé. A lâmina o fere superficialmente, mas o sangue não para de esvair. O menino pega um pano que cobria a vasilha do seu almoço e ata o pé de seu biso. O pai fica impressionado com a atitude do filho e o bisavô se sente abençoado por aquele gesto de amor de seu querido Yakecan. Os boias-frias que olhavam a cena aplaudem o garoto. Um dos empregados da usina, conhecido como Serafim, se aproxima e xinga o idoso:

— Isso é um bode velho carregado por um moleque aleijado.

Abaeté não suporta a provocação e reage com violência para defender Arandi e seu filho da humilhação. Dá um soco na cara do mau caráter e ele cai no chão. Depois, os dois seguem brigando pelo canavial, invadindo a plantação entre folhas e canas, barro e lama, espalhando o que foi cortado e amontoado para ser transportado. Após muitas trocas de socos, Abaeté pega uma cana e consegue derrotar seu adversário com duas pancadas em sua cabeça. Os demais empregados ovacionam o pai da criança com deficiência e isso deixa o sujeito humilhado perante todos, com ódio e vontade de vingança. Ele segue Abaeté na volta para casa em sua carroça e prepara uma emboscada a poucas léguas do vilarejo. O idoso pajé sente o perigo e vê o homem armado por trás de uma árvore, e, num gesto de desespero, empurra Abaeté e sofre o tiro no peito esquerdo. O bandido do Serafim foge, e o idoso pede à criança e ao seu pai que cuidem de Potira e da família antes de dar seu último suspiro.

O sepultamento do bondoso pajé reúne todo o vilarejo, que chora a perda do amado curador da antiga aldeia. Seu corpo é levado em uma rede pelo canavial por seus parentes. Todos cantam uma canção antiga ensinada por ele.

Potira sofre muito com a perda do amado tio-avô, que foi pai e mestre de sua vida inteira. Ela é amparada pelo esposo, que lamenta o preço que o parente pagou pela própria vida. As crianças são consoladas por Jacira, que previu a morte de seu querido irmão, mas não imaginava que seria tão breve. Ele é enterrado debaixo do ipê-amarelo, na entrada da antiga aldeia, onde fazia as suas rezas e realizava toré nas festas tradicionais do seu povo.

No dia seguinte, Abaeté procura Antunes para reclamar a punição do empregado Serafim, que matou o pajé, mas não recebe apoio e fica sabendo que os prejuízos causados pela briga no canavial recaíram sobre ele. Abaeté terá que trabalhar em dobro para cumprir as normas de produção e pagar os débitos pendentes. Potira se desespera com a aflição do esposo e decide trabalhar no corte da cana com ele e com o filho, enquanto sua vó fica com as meninas em casa. Abaeté não consegue convencer a mulher a não trabalhar na usina, pois sabe da dureza da lida no canavial para os homens, imagina para as mulheres, que são poucas a conseguirem durar na labuta do corte de cana de sol a sol.

POTIRA FLORESCE

Na mesma noite que Potira decide trabalhar no corte da cana-de-açúcar para ajudar o marido, ela tem um sonho com a mãe, que a abraça e diz que ela jamais estará sozinha e que tem a força de seus ancestrais para superar com dignidade todo o sofrimento e a injustiça que estão enfrentando. Ela acorda cedinho sem se lembrar do sonho, mas se sente confiante e cheia de vida. Beija e abraça o marido e as crianças, oferece o café da manhã que preparou de madrugada e pega roupas grossas para se proteger do sol. Coloca um chapéu de palha grande, uma calça jeans velha do marido, que fica um pouco apertada nas pernas, mas serve, assim como a camisa de manga comprida dele, que ela amarra na barriga, usando uma camiseta por baixo. O cabelo grande ela amarra, enrolando-o na cabeça como um caracol e prendendo com presilhas. Calça as botas que eram de seu biso, Arandi, e se olha no espelho, rindo da figura estranha que vê. A avó lhe dá as luvas de couro que eram de Arandi e sente a transformação da neta na sua forma de olhar, pois percebe uma luz semelhante à de sua filha, Jurema.

No corte da cana, Potira aprende rápido a lidar com o facão e a suportar o sol escaldante. O esposo a admira, ao mesmo tempo que se preocupa com ela e com o filho, que manca de uma perna e se esforça para ajudar os dois em tudo. Yakecan traz água para seus pais e se revela muito inteligente, mesmo que não possa estudar como os filhos dos empregados de confiança da fazenda.

Apesar de haver outras mulheres na lida do corte da cana, Potira chama atenção não apenas pela beleza de cabocla, mas por se mostrar incansável na labuta, sem reclamar ou pedir ajuda. O estupro é comum nesse contexto de trabalho pesado. As mulheres são abusadas sem o direito de reclamar, especialmente se o ato vem de quem é amigo do dono da usina. Por isso, Abaeté e o filho não se afastam de Potira, temendo que algum mal possa lhe suceder.

Porém, ela surpreende o marido e o filho com sua coragem admirável ao se defender na primeira tentativa de assédio de um dos empregados. O sujeito de meia-idade se insinua para Potira com malícia e passa a mão nas suas nádegas quando ela se curva para juntar um feixe de cana que tinha cortado. Num único movimento, ela lhe corta a orelha com o facão e ameaça lhe cortar o pênis da próxima vez que tentar lhe tocar. Antunes fica surpreso com a valentia da mulher, não faz nada contra o empregado abusador, mas conta o acontecido para seu patrão, Fernando Neto. Ele fica curioso e visita o canavial. Depois de levantar a ficha do marido dela, descobre se tratar da filha de Jurema e pede ao gerente que transfira Abaeté e o filho dela para um outro campo de corte de cana, sob o pretexto de ver como ela se sairia sem a presença deles. Antunes se diverte, pois conhece as intenções do patrão.

Em sonho, Potira recebe a visita de sua mãe novamente, que lhe toca os cabelos enquanto fala ao seu ouvido palavras em Tupi que expressam sua promessa de protegê-la. Ao acordar, a filha sente cheiro de alecrim nos cabelos, mas não se lembra do sonho. Jacira percebe do que se trata: Jurema está ligada à filha, como uma entidade em sintonia espiritual e sensorial.

Potira está cortando cana com outras pessoas num campo distante de seu marido e de seu filho quando é surpreendida por um dos empregados de confiança, que exige que ela venha até ele e limpe as suas botas. Ela se nega e ele levanta o chicote para surrá-la, chamando-a de cadela selvagem. A jovem lhe toma o chicote e o chicoteia no rosto, lhe tirando sangue pelo nariz. Os cortadores de cana não conseguem conter os risos e a admiração da coragem da colega operária. Ela continua seu trabalho sob os olhares atentos de Fernando Neto, que a observava distante de sua caminhonete e vê na canavieira a imagem de sua mãe, Jurema, na forma de lutar e se defender. A sede de vingança do latifundiário, marcado com uma cicatriz no rosto há quase trinta anos, reacende junto à atração pela filha de Jurema, que ele deseja destruir para pagar a morte de seu pai.

Fernando falsifica documentos de pagamento das cotas de produção do finado pajé e do esposo de Potira para obrigá-los a pagar com mais trabalho as dívidas. Manda por Antunes um aviso de despejo da família da casa que pertence à usina se Abaeté não pagar o que deve em poucos dias. Abaeté percebe que está sendo vítima de uma conspiração e resolve enfrentar o gerente, que ameaça duplicar a dívida se ele criar tumulto, deixando claro quem manda na justiça da região.

Jacira teme outra desgraça e insiste que Potira convença seu esposo a se acalmar e obedecer às ordens do gerente. Potira resolve então ir pessoalmente falar com o dono da usina, sem ninguém da família saber. Pede apoio em segredo à sua amiga Yara, que fica muito preocupada com a ousadia dela em enfrentar o mau caráter do Antunes. Mas logo percebe que é impossível convencê-la a mudar de ideia e a ajuda a chegar à usina lhe emprestando o cavalo que seu filho comprou há pouco mais de um ano. Após se despedirem, Potira segue em disparada até o armazém da usina.

Quando chega à porteira do armazém, resolve deixar o cavalo um pouco distante da entrada do local, amarrando-o numa cerca que divide a propriedade da estrada de barro. Ela se aproxima da primeira janela do depósito e ouve vozes. Para do lado de fora, identifica se tratar de Antunes e Fernando e logo percebe que conversam sobre suas tramoias de conspiração contra a sua família.

— Aquela mulher é filha da Jurema, a bandida selvagem que matou meu pai...

— E matou o meu filho, não se esqueça, e ainda me deixou com deficiência nos braços! Minha vontade é de tirar a vida dela com um tiro na cabeça, sem piedade...

— Calma, meu amigo, vingança é devagar. Potira está perdida... Toda a família de Jurema, filha e netos, estão em minhas mãos! O marido dela não tem como pagar as dívidas que a gente deu um jeitinho de ficar sob a responsabilidade dele...

— Isso mesmo, patrão, bora fazer todos sofrerem bem devagar e com muita crueldade toda a desgraça que aquela cadela me causou, começando com o seu genro, Abaeté, que tem pavio curto. Depois eu atinjo a filha e os netos! Quero varrer da terra a geração dessa catimbozeira Jurema!

Os dois riem, enquanto confabulam suas conspirações e golpes. Potira escuta tudo aquilo mordendo os lábios de raiva e busca se conter para não pular em cima deles como uma onça faminta. Depois de se controlar, aguarda os dois saírem do depósito. Seria uma estupidez tentar negociar com Antunes, conclui, pensando numa solução definitiva. Vem à sua cabeça algo que seja fatal. Ela percebe uma lata de querosene do lado de fora e decide trancar a porta do armazém e tocar fogo com os dois dentro. Sabe que o armazém guarda muitas sacas de cana e que tem que ser rápida para evitar ser descoberta.

Ela então sobe no cavalo e vai arrodeando o armazém, espalhando o querosene da entrada da porta ao depósito principal, em que estão as canas que secam no pátio e a casa da moenda, onde se prepara o processo de garapa e açúcar. Nessa casa estão as caldeiras, com fornalhas acesas pela lenha retirada da mata. Tudo favorável a um incêndio perturbador.

Em seguida, Potira pega uma toalha que estava num varal do pátio ao lado armazém, coloca palha no centro do pano, amarra-o num pau, mergulha-o no querosene e acende a chama da tocha com o fósforo que tinha na bolsa. Depois, põe fogo na entrada e nos arredores e, por último, joga a tocha no telhado da sala de máquinas.

O fogo começa a tomar conta rapidamente do depósito e do armazém por causa da ventania habitual na região. Antunes e Fernando sentem o odor de fumaça e, quando descobrem que estão presos no depósito, tentam escapar pelas janelas, mas o fogo já tomou conta de tudo. Antunes quebra as janelas, porém o fogo impede que eles pulem para fora, pois as chamas já cobrem todas as paredes do prédio, devido aos curto-circuitos de energia elétrica, que causam explosões e inflamam o fogo junto com o vento. Resta parte do telhado e Antunes tem a ideia de subir por uma corda. Chama o patrão para ir com ele, mas Fernando está do outro lado, buscando acionar a sirene de incêndio para obter ajuda de fora dos seus vigilantes da guarda noturna. O gerente pega um facão e segue sua meta de sair pelo telhado em meio às chamas. Com a ferramenta, vai quebrando as telhas, os caibros e as ripas, até conseguir colocar a cabeça fora. Esse esforço visceral é feito para salvar não apenas sua vida, mas também a vida do patrão em risco. Do telhado rola até o chão e, quando se levanta, vê um vulto parecido com o de uma mulher, e corre até ela, tentando alcançá-la, mas, quando chega, não há ninguém e acredita que se confundiu com a fumaça. Lembra que tem que salvar o patrão e retorna em direção ao armazém, quando é surpreendido com uma paulada de borduna na cabeça e cai tonto no chão. Tenta descobrir quem o atacou e, quando abre os olhos, leva outra paulada e perde os sentidos.

Potira dispara com o cavalo de volta para a vila. No retorno para o vilarejo, a sua borduna cai da montaria no caminho, alguns metros depois da porteira de entrada do armazém. Fernando consegue acionar a sirene manual de incêndio e logo surgem três de seus funcionários do turno da noite, que lhe ajudam a sair do armazém pela janela do banheiro dos funcionários, que ficava nos fundos e tinha menos rastro do fogo. Depois que desce do prédio com o apoio de uma escada de ferro trazida pelos seus empregados, pergunta por Antunes, e um dos seus vigilantes informa que ele está morto. Ao ver parte do corpo queimado do seu mais antigo capataz e gerente da empresa de sua família, ele desconfia de Potira, apesar de não crer que ela fosse capaz de provocar um incêndio daquele nível e ainda abater um de seus homens mais experientes.

Nesse pensamento, ele procura uma forma de salvar o que restou do armazém e pede a Arlindo Alves, seu guarda-costas, que volte para a fazenda, traga todos os homens que puder para ajudar a conter o incêndio, e telefone para o Dr. Juarez Maia, prefeito amigo dele da cidade mais próxima, para ajudar na recuperação da casa de máquinas.

— Eu vou seguindo o rastro da estrada com o João Dantas e o Luiz Carneiro e descobrir quem está por trás desse prejuízo da usina. Vocês aí vão tentando diminuir esse fogo enquanto não chegam reforços de fora.

Fernando segue pela estrada de barro com seus dois capangas e analisa as marcas de cavalo diferentes das da fazenda, quando identificam algumas que não são do tipo de ferradura dos Rodrigues. Mais adiante, Luiz encontra uma borduna, desce do cavalo e a entrega nas mãos do patrão. Fernando olha com ódio aquela arma indígena e não tem mais dúvidas de que foi Potira ou outra pessoa da gente dela que invadiu sua propriedade e causou o incêndio e a morte de seu principal homem de confiança.

Decide esperar para agir na madrugada e seguir para o vilarejo com quatro pistoleiros bem armados e dois tratores com escavadeiras, a fim de pegar todos os moradores de surpresa. A ordem é destruir as casas dos trabalhadores se ninguém delatar quem matou Antunes e causou o incêndio no armazém.

Potira, ao chegar à vila, devolve o cavalo, deixando-o na frente da casa de Yara, mas a amiga, que a esperava ansiosa na janela, corre ao seu encontro, querendo saber o que está acontecendo.

— Amiga, deixei seu cavalo e já ia me recolher, porque minha avó, as crianças e o Abaeté devem estar me procurando...

— Potira, por misericórdia, o que se sucedeu? Você parece agitada e muito suada. Por favor, não me deixe mais nervosa. Você disse que ia conversar com o gerente, Antunes...

— Yara, acho que fiz uma loucura, mas não suportei ver aqueles dois amaldiçoados tripudiando sobre minha família. Eu botei fogo no armazém com o Antunes e o Fernando trancados... Tive cuidado para não ser vista.

— Mulher, você é tinhosa que nem a sua mãe!

As duas riem, se abraçam e vão para as suas casas.

Quando Potira entra em casa, o esposo está acordado, esperando por ela.

— Minha mulher, o que deu em você para ficar até agora na rua? Eu e sua avó estávamos aperreados...

— Meu querido, me perdoe, mas eu precisei resolver um problema antigo de família. Vamos ver nossos filhos? Depois lhe conto com calma o que aconteceu.

Eles pensam em colocar as crianças para dormir, mas Jacira já cuidou disso. Os três dormem tranquilos em suas redes, próximas umas das outras. Porém, a bisavó das crianças se mostra agoniada e pede à neta que venha conversar com ela antes de se deitar. Abaeté segue para o quarto do casal e as duas sentam-se na cozinha. Potira conta para ela o sucedido e a avó pega na mão da neta e diz que sua mãe, Jurema, está lhe guiando nessa peleja.

— Vó, eu não sei explicar, mas sinto uma força dentro de mim tão grande, uma sede de justiça, que move minha mente e meu coração. Não consigo evitar reagir, sem enfrentamento, com essa corja da família Rodrigues e seus capangas. Mas não nego que tenho medo. Temo que isso prejudique ainda mais a nossa família...

— Minha neta, meu coração velho e cansado está também temeroso, mas ele sabe que não temos outro caminho a seguir e você foi escolhida para continuar a luta de seus pais, especialmente de sua mãe, Jurema. Mas vai vir retaliação dura do outro lado e vamos precisar de muita luz para vencer essa corrente de crueldades.

— Eu sei, vozinha, e digo, vou honrar meus pais e enfrentar essa corrente maldita. Ainda não sei como, mas eu vou. Reze por mim, por nossa família...

Jacira encosta a cabeça da neta em seu colo e começa a rezar. As duas estão nessa comunhão quando aparece no telhado da casa uma ave prateada, que permanece ali até a reza terminar, e vai embora depois que as duas vão se deitar.

Chega a madrugada, está tudo tranquilo na vila dos operários, até a tranquilidade do canto das corujas e dos grilos nas roças dos moradores ser interrompida por tiros dados pelos pistoleiros de Fernando.

— Saiam todos de suas casas! Saiam todos já! Saiam! Saiam! — gritam os capangas, atirando para o alto. Aos poucos, todos os moradores vão abrindo as janelas e portas, a maioria zonza de sono, sem saber o que se passa.

— Eu, Fernando Rodrigues, exijo que me digam quem foi que colocou fogo em meu armazém e ainda causou a morte do meu homem de confiança, Antunes, o gerente da minha usina.

Todos ouvem, mas não entendem o que o dono da usina está exigindo. Com exceção de Yara, que sabe do sucedido.

— Se ninguém falar, eu e os meus homens vamos começar a destruir essa vila, casa por casa! Essa moradia pertence à empresa da família e não vou admitir traidores morando em terra minha! Então? Quem vai falar?

Ouvem-se mais tiros. As crianças choram assustadas, as mães agarram suas crias e os homens se olham, como se estivessem vivendo todos um pesadelo. Moacy olha para a esposa e ela disfarça, tentando encontrar uma saída que não prejudique sua amiga Potira.

— Alguém conhece essa borduna? Essa arma indígena é de alguém desta vila que mantém o uso de suas tradições, mesmo sabendo que elas são proibidas! Eu vou perguntar pela última vez, de quem é essa borduna?

— É minha, senhor. Eu perdi alguns dias atrás quando fui deixar o almoço dos meus filhos no campo de corte da cana... — responde Yara, levantando o braço direito.

O marido de Yara fica mais nervoso e põe a mão no peito, apavorado. Os filhos se agarram à mãe, temendo uma desgraça perante a fúria do rico usineiro.

— Você está mentindo! Está acobertando o verdadeiro dono. Mas eu vou castigar você e sua família por tentar me fazer de idiota!

Fernando dá ordem para que a destruição comece pela casa de Moacy, por ser amigo da família de Potira. Sua ideia era torturar para obter a verdade, mas ninguém diz nada, apenas sofrem diante da crueldade de ver o trator avançar sobre a humilde casa, quebrando portas, janelas, demolindo paredes e tudo pela frente. A família de Yara se mantém do lado de fora abraçada, enquanto a escavadeira vai destruindo o que para eles era mais que um imóvel, era o lar de uma família unida e feliz, apesar das adversidades.

A casa de Potira fica mais acima na vila. Ela se veste com a roupa que usa no canavial e acorda as crianças quando sua vó comunica o alvoroço da comunidade e a tristeza de ver a família de Moacy ser retirada da cama e sofrer humilhação pública perante a destruição do barraco que os acolhia. Jacira fica com as crianças, a pedido da neta, que corre para a rua sem medo de enfrentar Fernando. Abaeté acolhe a família de Moacy, trazendo todos para a sua casa. Yara chora pela desgraça agarrada aos filhos.

— Seu Fernando, eu sei quem fez o serviço no seu armazém, mas só vou contar se tirar seus capangas da vila agora!

— Quem você pensa que é para me dar ordens? Basta eu pedir que um dos meus homens lhe tire do caminho...

— Mande tirar! Mas mande sem arma de fogo, porque eu não estou armada, ou quer ficar conhecido na região por matar mulheres indefesas? Se sim, mate se quiser, mas também não vai saber nada!

Potira o enfrenta e todos ficam surpresos e preocupados com a ousadia dela. Abaeté está dentro da casa deles com a família do amigo Moacy, dando água com açúcar para acalmar Yara, e nem imagina que a sua mulher está enfrentando o poderoso latifundiário.

— Então, venha pegar a sua borduna...

Potira percebe a provocação dele, então sobe no cavalo do filho de Yara, que estava do lado dos escombros da casa, para ficar na mesma altura visual dele. Depois se aproxima do usineiro e lhe estende a mão. Ele oferece a borduna e, num relance, ela pega a ferramenta e vê no braço dele a tatuagem do homem que abusou dela no milharal. Uma serpente. Ela tenta se controlar com o choque dessa descoberta e se mostra firme perante seu opressor. Então, levanta a borduna e o surpreende:

— Eu sou Potira, filha de Jurema e Kauã, guerreiros desse povo sofrido e humilhado pela famigerada família Rodrigues. Eu sei de segredos que ninguém aqui sabe, sei quem matou o gerente, Antunes, quem pôs fogo no seu armazém e sei de uma coisa ainda mais importante! Sei da verdadeira história dessa cicatriz no rosto, Seu Fernando Rodrigues!

Fernando fica nervoso, temendo ser humilhado publicamente, e, mesmo que matasse todos da vila, isso não impediria que seus próprios homens espalhassem que ele apanhou da mãe de Potira, ficando marcada no rosto a prova de sua derrota. O seu machismo o convence a parar os tratores e mandar seus homens se retirarem da vila. Os pistoleiros não entendem as ordens do patrão, mas ele insiste e todos vão embora.

As famílias retornam para as suas casas, pesarosas, porém, com o que poderá suceder com a filha da saudosa Jurema, ficando apenas Fernando em seu cavalo e Potira montada no cavalo que pegou emprestado.

— Muito bem, vamos entrar num acordo. Se destruir mais outra casa, todos da região vão saber que você apanhou da minha mãe, que lhe deixou essa cicatriz como presente de recordação.

Fernando aperta as rédeas do cavalo, põe a mão no revólver que traz na cintura, mas respira fundo, calcula outro momento de dar cabo de sua vítima, se vira e vai embora.

Potira entra em sua casa, se ajoelha aos pés da amiga e a abraça em gratidão. Depois a olha de mãos dadas.

— Amiga, a partir de hoje você também é parte de minha família. Se acalme. Você, seu marido e seus filhos vão ficar aqui nessa casa. Eu, meu marido, minha avó e meus filhos seremos sempre gratos a você, que sabia que fui eu a responsável pelo fogo no armazém e pela morte do maldito Antunes. Vamos embora da vila, para evitar mais sofrimentos para todos daqui.

Yara pede a Potira que não vá embora, mas Abaeté e Jacira concordam que essa é a melhor decisão e que devem ir embora imediatamente. Moacy abraça os amigos e agradece a generosidade, porém não acha justo que eles novamente tenham que deixar o seu povo por causa das ameaças de Fernando.

— Moacy, apesar de tudo, eu sou um pai feliz e jamais esquecerei que você nos acolheu na estrada quando fomos roubados e quase perdemos nosso filho Yakecan. Você nos deu sua casa como abrigo até a comunidade nos ajudar a ter a nossa. Eu que lhe devo muito, meu irmão. Olhe, entregue esse dinheiro de pagamento de suas despesas no armazém da usina. Eu vou levar a outra parte para a nossa viagem.

Abaeté aperta a mão de Moacy e ambos se abraçam. Os filhos de Yara, já mais calmos, a ajudam a preparar as bagagens de Jacira e de Potira com as coisas mais necessárias, pois precisam ir logo embora. Os filhos mais velhos também juntam as coisas deles que puderam recuperar nos destroços da demolição da casa. As meninas de Potira estão sonolentas e a mãe as acomoda num colchão sobre a carroça de Moacy, cedida com o cavalo de Rudá, seu filho mais velho. Quando tudo parece estar organizado, o casal assume as rédeas da carroça. As crianças estão deitadas no colchão com a bisa, que sente que ainda muita peleja vai acontecer.

Quando a carroça passa pela vila, muitos homens e mulheres, adultos e idosos, abrem as janelas e olham tristes a partida da família de Potira. No coração, desejam que fiquem, mas a realidade os força a aceitar a perda daqueles que só lhe fizeram o bem.

No caminho da estrada de barro, já saindo do vilarejo, a família sofre uma emboscada de dois capangas de Fernando. Os pistoleiros estão armados e o casal é obrigado a segui-los até a casa-grande. Jacira pede que as crianças continuem dormindo, dizendo que está tudo bem, mas Yakecan percebe que alguma coisa está errada. O usineiro já os espera na porta de entrada e exige que paguem as despesas totais que devem das compras e do incêndio no seu armazém, e não aceita o pagamento deixado com Moacy.

O conflito parte para a violência física contra o esposo de Potira, que apanha na frente das crianças, mesmo depois de dar tudo o que tem de economias. Ela não reage, com receio pelos filhos. Jacira implora que os deixem ir. Fernando exige que Potira escolha uma das filhas para lhe dar como "pagamento" pelos prejuízos da usina, como condição de deixarem o vilarejo vivos.

— Se quiser que você e a sua família saiam vivos, essa é a única alternativa. E ainda estou sendo bonzinho, considerando o prejuízo que me deu na usina com o incêndio que provocou a morte do homem de minha confiança.

— Eu fico no lugar de minhas irmãs. Sou forte e serei seu melhor empregado. Por favor, deixe minha família partir em paz.

Yakecan surpreende a todos e Potira tem a difícil decisão de escolher deixar seu filho, por acreditar que ele pode sobreviver à dureza daquela vida de escravidão. Abaeté e Jacira são forçados a aceitar essa escolha maldita para salvar as meninas das atrocidades daquela estrutura racista, machista e perversa, especialmente para as mulheres indígenas e negras.

Potira e Abaeté abraçam o filho com ternura e dor. Ela põe no pescoço dele um cordão de palha de ouricuri com uma medalha cravada com a figura de um galho de jurema. Fernando puxa o menino para perto dele, que soluça e chora baixinho. O som da carroça marca a tormenta dessa despedida de Yakecan e de sua família.

Jacira chora copiosamente; Abaeté, com o rosto sangrando pelos machucados, também chora, e suas lágrimas se misturam ao sangue no rosto. Potira, abatida, em silêncio, limpa o rosto do marido enquanto ele guia a carroça em direção à estrada. Ela não olha para trás. Sente que ainda não é o fim de sua peleja, nem o fim de sua família ser tragada pela crueldade dos Rodrigues.

A RETOMADA

A estrada de terra vermelha, cercada pelas infindáveis plantações de cana-de-açúcar, parece atormentar ainda mais o coração da família, que sente o peso da exploração das matas, assim como de suas próprias vidas e destinos. A lua ilumina o caminho, ainda que ninguém saiba o destino. O lugar de estar juntos foi quebrado, violentado pela maldade e pela injustiça daqueles que sugam a terra e os seres vivos, e acham que direitos, sonhos, vidas — tudo lhes pertence.

Nessa senda de dores, surge um clarão na mata e dela sai uma ave prateada de imensas asas abertas. Ela voa sobre o casal, pia e reflete seus olhos de fogo em Potira, que acorda de sua inércia dolorosa e arregala os olhos, como se compreendesse o que a ave quer lhe falar. Abaeté, imerso na tristeza, não se dá logo conta do que está acontecendo. Jacira olha para o gavião e reconhece que é Kauã, buscando interagir. Ele pousa sobre uma cerca e Potira pede ao marido que pare a carroça.

— Não estamos sozinhos, meu querido Abaeté... Nunca estivemos sozinhos. Esse gavião é o meu pai encantado. Vamos ver o que ele deseja nos mostrar.

Abaeté, sem entender o que se passa, desce da carroça, e Jacira pede que ele a ajude a sair também. As crianças dormem assossegadas, enroladas numa colcha de retalhos.

Potira e Jacira se aproximam da cerca onde o gavião está pousado. Jacira olha em volta e percebe que ali está o rio doce, onde sua filha se encontrava com o seu amado Kauã.

— Potira, cercaram o rio doce. Deve ter sido a família Rodrigues, depois que tomou a nossa aldeia e nossas terras. Seus pais vinham muito aqui com você tomar banho...

— Vó, estou sentindo a presença dos dois...

— Olhem, o que é aquilo? — Abaeté aponta para um clarão azul no rio. As duas mulheres olham admiradas e ficam radiantes com o que veem: sobre uma pedra, uma mulher com cauda e nadadeiras de peixe da cintura para baixo. O gavião voa até ela e pousa sobre seu ombro.

— Venham, não tenham medo, eu esperei muitos anos por esse momento. Hoje é dia de lua cheia, é um dia de peleja, mas também é dia de luz e amor. Sou parte de vocês e parte dos espíritos das águas e da terra. Potira, sou eu, sua mãe. Hoje sou Mãe d'Água, mãe de todas e todos do meu povo ancestral, que me honra e me busca com gratidão e amor. Venham... Venham...

Potira pega o facão que usava no canavial e começa a quebrar a cerca...

— Me ajude, Abaeté...

O marido está atônito com a visagem, mas pega a foice para ajudar a mulher. Ambos conseguem quebrar parte suficiente da cerca, que permite que passem para o outro lado, onde está a Senhora das Águas. Jacira segue na frente, com passos lentos e plenos de alegria por rever sua filha, encantada pelas entidades que ela sempre cultuou e honrou desde menina, quando foi chamada para ser curandeira e benzedeira de seu povo.

— Oh, minha filha querida, que saudades...

— Mãe, hoje eu lhe recebo como filha querida, porque sou eu que agora lhe protejo. Por isso, não chegue muito perto, ainda não podemos nos tocar...

— Mãe, você é linda e a sua história é de luta e dignidade. Me sinto honrada por ser sua filha...

— Minha filha Potira, eu tive que esperar vocês voltarem para a nossa terra ancestral para retomar a nossa peleja por justiça e esperança de nosso povo sofrido.

— Como vencer tanta crueldade, minha mãe? Os meus filhos são pequenos, não posso lutar se eu não puder protegê-los, como fez quando me mandou com minha avó e meu saudoso tio Arandi para morar com os nossos parentes da Paraíba...

— O amor e a coragem, minha filha, vão nos dar a vitória na peleja de hoje. Você logo saberá como... Espere um momento, se aproxime das águas do rio, caminhe sem medo em direção à luz da correnteza. Venha...

Potira se despe de suas roupas e calçados e o marido segura as peças, enquanto Jacira acende seu cachimbo, pega o maracá e inicia um canto sagrado.

Os encantados das matas então começam a se aproximar da beira do rio. Chegam a Comadre Fulorzinha, o Curupira, a Cuca, o Pererê e o Pai Mangue para brincar na roda sagrada.

Potira, já despida, segue o caminho da luz na correnteza e aos poucos vai entrando na profundeza do rio, sumindo no clarão junto com a Mãe d'Água, que sai da pedra e mergulha no rio. A ave mergulha em seguida. O clarão prossegue, Jacira segue seu ritual e os encantados das matas fazem uma roda na beira do rio com ela ao centro, e dançam no ritmo do maracá da xamã, que entra em transe cantando em Tupi salpicado de palavras em português, cânticos sagrados de paz e de luta pela natureza, mãe de todas e de todos, a *Abya Yala*.[6]

No fundo do rio, os três seres se conectam com a luz e o amor que sempre os uniu. A ave se converte no guerreiro Kauã e, de mãos dadas com a Mãe d'Água, enlaçam a filha, Potira. Ambos a abraçam numa aliança de luz e acordam seus sistemas mentais e emocionais para enxergar, lembrar e reaprender os saberes das artes da coragem, da dignidade e da esperança, que formam a ciência do amor sagrado. A luz azul vai se tornando mais lilás, mais branca, e Potira ressurge no clarão da correnteza, caminhando ao encontro de sua avó e dos encantados da mata, que dançam e cantam na roda sagrada. A xamã acolhe a neta, que recebe a defumação de seu cachimbo e dança no centro da roda. Abaeté contempla tudo aquilo maravilhado e emocionado, agradecendo a dádiva da vida e por sua mulher ser uma guerreira como seus pais, tão digna como ser humano.

Quando termina o ritual, a encantaria se despede e Potira se veste com a ajuda da avó. Ao pentear os cabelos, pede

6 Nome dado ao continente americano por povos originários da Colômbia e do Panamá antes da invasão espanhola.

a ela uma tesoura de sua caixa de costura. Jacira lhe entrega a tesoura e a neta a surpreende puxando o próprio longo cabelo para frente e cortando-o bem perto da raiz. Depois segura a mecha cortada e passa para a avó, pega umas sementes de um pé de urucum junto à cerca e pinta uma linha na largura e na altura do rosto, formando uma cruz.

— Vamos voltar! Temos uma peleja!

— Você está dizendo... — Abaeté pergunta, assustado.

— Isso mesmo, vamos voltar para a vila!

Potira indica ao marido que retornem por outra estrada e que aguarde mais instruções. Na verdade, ela ainda não sabe, mas sente, tem a intuição de que saberá como há de ser. A carroça ruma para a outra estrada. As crianças ainda dormem e Jacira adormece com elas durante a viagem, com o coração mais sereno.

Na vila, Yara não consegue dormir e pede ao marido que chame os filhos, porque precisa tomar uma decisão, mas quer o apoio deles. Moacy faz o que a mulher pede, pois, além de estar com insônia, não se sente bem, pensando na família do amigo Abaeté ao relento àquela hora e no frio, sem rumo e sem destino.

Depois de juntar os filhos, todos sentados ao redor da cama onde o casal estava, Yara inicia uma conversa que há muito tempo lhe doía não compartilhar com a família.

— Peço desculpas por ter perturbado o sono de vocês, meus filhos queridos, mas, depois de tudo o que passamos hoje, eu não poderia deixar de comunicar um sentimento que me aperta o peito. Vivemos aqui, dominados e massacrados pela família dos Rodrigues, há mais de um século. Meus avós e bisavós sofreram desde que eles chegaram aqui para criar seus comércios de cana-de-açúcar e de agropecuária. Eu sou uma sobrevivente, como muitos que hoje moram nesta vila de operários, graças à coragem de uma mulher que renunciou ao próprio bem-estar para lutar por nosso povo.

— Mãe, essa história toda a gente conhece, mas o que podemos fazer? — pergunta o caçula, Piatã.

— Filho, temos que nos unir e lutar para enfrentar esse monstro do Fernando...

— Mas como, mainha? Ele pode matar toda a nossa família! — exclama Yanna.

— Esse Fernando tem pistoleiros e nós somos apenas agricultores — fala Rudá.

— Prestem bastante atenção, meus amores... — Ela estende as mãos e todos juntam suas mãos com a da mãe. — Peço que confiem em mim. Vão até as casas dos nossos parentes da vila e digam que venham se encontrar aqui no quintal da casa onde morava a família de Jacira. Vão e digam que chamei para uma reunião em nome da vida de todos os nossos filhos.

Os três filhos seguem o pedido da mãe e Moacy vai organizar o espaço da reunião colocando dois candeeiros nos muros, palhas pelo chão e alguns tamboretes para se sentarem. Yara prepara um café com pedaços de rapadura, para servir aos amigos e despertar os que estiverem mais cansados e sonolentos.

Aos poucos os parentes vão chegando. Yara vai servindo rapadura e café em canecas e copos, enquanto o marido acomoda todos no pequeno espaço do quintal da casa. Em pouco tempo, pouco mais de quarenta adultos se reúnem, entre mulheres e homens, parentes do casal, a maioria trabalhadores da usina.

— Meus parentes, é quase dia e agradeço por atenderem o meu pedido. Há muitos anos eu queria ter feito isso, mas sinto que hoje é o dia, depois da crueldade que presenciamos com a família da amada Jacira, avó de Potira. Quem aqui é sobrevivente e se salvou pelas mãos de Jurema, mãe de Potira? — muitos levantam as mãos.

— Vocês testemunharam que ela teve de deixar novamente seu povo para nos proteger? Nada é mais valioso que viver com liberdade. E nenhum de nós é livre. Quem aqui pode dizer o que sente? Vamos? Quem aqui pode derrubar a primeira cerca que encontrar na estrada que separa o que é nosso por direito? Quem?

— Eu!

Todos olham para trás e ficam surpresos com a figura da mulher estranha de rosto pintado de urucum, cabelo curto e voz familiar que aparece pela porta dos fundos da casa, entrando no quintal. Yara é a primeira a reconhecer Potira e corre para abraçá-la. Depois aparecem Abaeté e Jacira e todos percebem que Potira e sua família estão de volta.

— Eu quebrei a cerca que separava o rio doce da estrada onde todos passam. Um rio onde muitos de vocês brincaram na infância e foi usurpado como tudo nesse território de nosso povo. Eu voltei para saber se posso contar com vocês para lutarmos contra essa escravidão colonial que temos vivido.

— Nos reunimos pra pensar nossa luta em nome da vida de nossos filhos e das futuras gerações de nosso povo...

Um tumulto se inicia entre os presentes, alguns assustados, com medo, se levantam para ir embora. Outros concordam, mas não sabem como vencer num combate entre armas de fogo e ferramentas de agricultura, sem ter os militares e os políticos ao lado deles.

— Escutem! — pede a idosa Jacira, e todos ficam em silêncio para ouvir a mulher que eles consideram sábia e exemplo de dignidade e espiritualidade ancestral.

— Escutem a minha neta, ela sabe como poderemos lutar com dignidade, porque viver como escravos, ou passarinhos engaiolados, não é vida, é morrer devagar.

— *Aûîébeté.*[7] Eu hoje tive um encontro com meus pais. Eles me acolheram num ritual sagrado e agora eu sinto, eu sei, como retomar a luta deles por nosso povo, mas sem a união e o envolvimento de vocês será muito mais difícil. Então, podemos contar com a ajuda de cada um?

Muitos se olham e ficam em silêncio, mas Yara, em nome de sua família, diz:

— Eu e minha família escolhemos a liberdade. A gente escolhe lutar com coragem, esperança e dignidade.

O marido dela complementa:

— Por amor aos meus filhos, vou fazer a minha parte. Pode dizer, Potira, como podemos lhe ajudar nessa peleja.

---

7 Muito obrigada.

Aos poucos, vão se levantando do mais velho ao mais novo, homens e mulheres, comprometendo-se com a luta. Potira vai sentindo ali a presença de seus pais e inicia o planejamento da peleja, dividindo as funções conforme as habilidades pessoais e as atividades de trabalho de cada um.

— Com a morte do Antunes, Fernando não tem mais a mente criminosa principal que conduzia suas atrocidades e desmandos. Então, vamos tomar a fazenda e exigir que ele assine um documento de devolução das terras da antiga aldeia Potiguaçu.

— Como?

— A gente vai esvaziar a casa-grande de seus capangas e eu entro para forçá-lo a assinar o documento, com a ajuda de meu marido, Abaeté. Com esse documento em mãos, vamos iniciar a retomada de nossa terra, pelo menos da aldeia que vai até o rio doce e atravessa a pedreira onde ocorreu a peleja entre o finado coronel Rodrigues e meus pais.

— Minha filha Yanna namora o Teófilo, filho do delegado, acho que podemos ter a ajuda dele na retomada.

— Ele vai ajudar, sim, mainha, porque o pai dele não vai com a cara do Fernando e não tem o rabo preso com ele. E também o avô do meu namorado é juiz e pode reconhecer o documento, se os amigos desse demônio tentarem invalidar a certidão pública.

— Eu me chamo Tauane e já trabalhei no cartório, sei como fazer esse documento das terras se alguém me ajudar no desenho do mapa, com os limites do território. Sugiro colocar o documento no nome de dona Jacira Potiguaçu, como a moradora mais antiga viva da aldeia.

— Eu sou Iberê e era menino quando a Jurema salvou a minha família escondendo a gente numa gruta. Eu sei desenhar e ajudo na produção desse papel pro cartório, e já pode ser agorinha...

— Sou Matias, um dos motoristas de caminhão da usina. Sei atirar muito bem com todo tipo de arma de fogo e posso ajudar quem quiser aprender. Posso entrar na casa-grande, pois conheço bem por dentro.

— Eu vou precisar que você me ensine, Matias, mas quero aprender a usar o arco e flecha também, pois quero honrar as tradições de luta de nosso povo.

— Potira, eu me chamo Severino e aprendi com o meu avô a arte do arco e flecha, na caça e na luta. Eu já sou de meia-idade, mas enxergo o alvo no fundo de um olho.

— Eita, agora que já temos esses primeiros passos, vamos cuidar da elaboração do plano de batalha. Yara, prepare com a minha avó, Jacira, uma porção com ervas que façam os homens da fazenda dormir. Os que cuidam da segurança direta e indireta do patrão. Uma cozinheira da casa poderia ser bem útil...

— Sou conhecida como Maria do Chiquinho e tenho amizade com a cozinheira da casa-grande, porque faço faxina lá todos os dias da semana. Posso ajudar nessa beberagem e botar aqueles capangas tudo pra dormir. Vai ser até divertido...

— Muito bom! Temos dois dias para preparar tudo e agir, mas todos devem jurar fidelidade e não trair o nosso povo, nem com uma faca na garganta. Todos estão de acordo?

Novamente todos se levantam e confirmam fidelidade acima de tudo. O sol já vem nascendo e todos se dão as mãos a pedido de Jacira, que faz um rezo em cantoria para pedir as bênçãos dos encantados. Ao final, ela toca o maracá e aconselha que todos retomem suas práticas tradicionais, voltem a usar o maracá e as cantorias, mesmo que no momento seja em silêncio, internamente e mantendo os filhos em casa.

— E no dia da peleja não se esqueçam de deixar oferendas para os encantados em qualquer lugar da mata. Fortalecer a nossa espiritualidade vai ser fundamental pra gente vencer essa peleja — complementa a sábia mulher.

Potira se despede dos parentes e pede que sigam o trabalho na usina como se tudo estivesse normal. Depois combina com Yara que seus filhos fiquem escondidos na casa em que eles moravam e pede a Moacy para levá-la até a gruta onde sua mãe escondeu as mulheres e as crianças há trinta anos. Abaeté, a pedido da esposa, fica com as crianças, porque não pode ser visto fora da vila e será o mediador entre os parentes e suas tarefas nos dois dias que antecedem a retomada. Ela, vestida com as roupas dele, com chapéu de palha, passa tranquila a cavalo quando sai da vila ao lado de Moacy, sendo vista como um rapaz da comunidade.

Na gruta, Potira tem água e alimentos suficientes para se preparar para a peleja. Matias e Severino acertaram com ela o treino com as armas de fogo e com o arco e flecha no final da tarde, quando saírem da usina.

Nos treinos, Potira surpreende os mestres, com habilidade, racionalidade e percepção apurada no tiro ao alvo com arma de fogo e arco e flecha. Os dois homens ficam admirados com a rapidez com que ela aprende a manusear as armas, como se já fizesse isso há muitos anos. Ela sente que o ritual sagrado vivido com seus pais favoreceu o desempenho e o aprimoramento de suas habilidades motoras e perceptivo-visuais, assim como outras destrezas sensíveis com a biodiversidade da natureza. Pela manhã, ela passou a saudar o sol e vivenciar uma relação com a natureza que ainda não tinha experimentado, mas procedia como se já vivesse numa intimidade com os bichos e as plantas. Sentia o cheiro das ervas e frutas com mais agudez e, ao mesmo tempo, suavidade. Percebia e compreendia os sons melódicos e estridentes das aves e de seus diferentes bater de asas, e, em contato com todos, sentia-se abençoada e protegida.

Nadava com mais agilidade e proeza nos rios e nas correntezas perto da gruta e sentia-se mais livre e mais fortalecida para enfrentar o poder da ambição e da maldade que vem escravizando, massacrando e oprimindo o seu povo há mais de três séculos.

No dia da peleja, Yara visita Potira na gruta, trazendo as informações de tudo o que já tinha sido encaminhado. Entrega a ela o documento das terras já lavrado em cartório com o apoio de Teófilo, namorado de sua filha, e a ajuda do juiz, avô do rapaz, que foi fundamental para agilizar a escritura com seus amigos do cartório da cidade. Potira pega o documento que pretende fazer o usineiro assinar para garantir a devolução das terras. Vinte anos de posse da terra poderiam lhe dar o direito de usucapião, por isso essa declaração de devolução garantirá que ele não venha mais tarde pedir a reintegração das terras.

Yara informa que a porção de ervas que Jacira preparou para cuidar de amolecer os capangas da casa-grande está sendo dada a eles nos sucos e nos caldos de peixe e de carne desde aquela manhã. Ela também traz notícias das crianças, que estão todas bem, mas com saudades dela e do irmão Yakecan.

— Vou resgatar meu filho juntamente com a retomada de nossa aldeia. Os encantados vão lutar com a gente. Eu sinto que vamos escrever uma nova história, com esperança e dignidade para as nossas famílias. Nada é mais forte que o amor que nos une e nos fortalece nesse momento.

— Potira, nosso povo está firme e tem fé nessa peleja de vitória!

— Então vamos tomar a casa-grande e retomar a nossa aldeia ao pôr do sol! Yacy, mãe lua, vai nos guiar junto com os encantados.

As duas se abraçam, e Yara segue para a vila, enquanto Potira organiza sua montaria e armas de luta.

Chega o momento do pôr do sol, os pássaros vão se aninhando nos galhos, a lua já começa a se mostrar devagar por trás das nuvens. Yara reúne os parentes, moradores da vila, e todos seguem em direção à fazenda. Uns de cavalo, outros de carroça carregada por jumentos, e muitos a pé. Levam suas ferramentas de trabalho e de luta: foices, facões, bordunas. Todos de rostos pintados de urucum, levando seus maracás, seguem em marcha movidos pela esperança, pela coragem e pela dignidade de viver em liberdade. Estão unidos como há muito tempo não se viam, sentindo essa resistência e uma conexão sagrada com a terra, como parte dela e continuidade de seus ancestrais enterrados nela, massacrados pelos invasores de seus corpos e territórios.

Jacira está cachimbando debaixo do pé de ipê-amarelo, onde seu irmão, Arandi, foi enterrado, e sente a presença dele por perto, sente que ele está feliz. Yanna, filha de Yara, vem se juntar a ela e traz as crianças e os idosos da vila, que se sentam ao seu redor, e logo se inicia uma roda de cantorias. As bisnetas da anciã cantam as cantigas ensinadas por ela e aos poucos todos se unem ao coro numa atmosfera plena de amor.

Matias e Severino, montados a cavalo, estão à espera de Potira no local marcado, próximo à porteira da fazenda dos Rodrigues. Abaeté está no carro de Teófilo, que quis também ajudar na peleja. Com exceção do marido de Potira, todos trazem suas armas.

Potira chega montada em seu cavalo, rosto pintado, vestindo as mesmas roupas que usou na reunião com os parentes, mas trazendo dois revólveres que Matias lhe arranjou e um arco, com algumas flechas, num bisaco pendurado nas costas, que Severino lhe deu. O cabelo curto, penteado para trás, contornando o rosto delicado da mulher, contrasta com o chapéu de palha pendurado no pescoço. Ela desce do cavalo e abraça o marido. Os dois se olham com ternura e com firmeza, cientes de que estão lutando juntos pela vida de seus filhos e das futuras gerações daquele lugar.

— Parentes, chegou a hora. Eu vou entrar na frente subindo pelo muro. Depois que eu abrir a porteira da casa por dentro, Matias e Severino entram e seguem atrás, me dando retaguarda. Abaeté, se mantenha atrás de Teófilo, que está armado, e sempre se proteja quando houver trocas de tiros. Guarde o papel de documentação das terras que faremos Fernando assinar e não entregue a ninguém sem falar comigo.

O esposo e os demais homens acenam a cabeça, concordando com a proposta de invasão da casa. Potira ainda pede que prestem atenção aos sinais que aparecer. Se virem alguma coisa estranha, não devem ter medo, e sim confiar, pois estarão em companhia dos encantados.

Potira encosta o cavalo no muro da casa-grande, com auxílio de um gancho amarrado em uma corda, que joga para o outro lado. Fica em pé sobre o animal e começa a escalar, até dar um impulso e chegar ao topo, com os joelhos dobrados. Do alto, enxerga a fazenda por dentro. Vê dois homens na entrada, dormindo encostados num banco em cada lado da porteira. Depois observa ao redor e não avista qualquer movimento, até que identifica uma pessoa no alto da casa com uma arma. Ela pega o arco e atira sua flecha em direção ao sujeito e, antes de ele disparar seu revólver, a flecha atinge o vigia no peito e ele cai da janela, rolando pelo telhado de cerâmica vermelha, até se estatelar no jardim da casa. Há outra janela superior entreaberta e as demais estão fechadas. Ela analisa se ainda tem mais alguém de vigia e, quando se convence de que está tudo bem, joga o bisaco com o arco e as flechas e salta do muro para o interior da propriedade. Depois, corre até a porteira e abre devagar a entrada principal. Os companheiros entram e ela pede que Teófilo e Matias tirem as armas dos capangas da entrada e dos que estiverem pelo caminho.

A casa, pintada de branco e com portas e janelas azuis, tem um grande alpendre em modelo barroco, com arcos e grandes janelões compridos, que facilitam a entrada do grupo. Potira percebe que há um corredor largo na casa, dividido por arcos, onde, de um lado, está o jardim do casarão e, do outro, a entrada dos cômodos. Ela pede que Matias siga com ela para o interior dos aposentos e que os demais sigam com Teófilo e Severino pelo jardim da casa, sem se esquecer de desarmarem os jagunços do usineiro.

Após passar pela sala principal, Potira ouve a voz de seu filho no cômodo ao lado. Yakecan estava na biblioteca da casa com uma mulher idosa bem-vestida, que lhe mostra um globo terrestre e aponta os continentes para ele. A desconhecida anciã parece ser uma boa pessoa, ri com as respostas e perguntas do menino e acaricia seus cabelos castanhos. Matias olha para Potira, esperando um sinal dela. Ela faz um gesto com a mão, pedindo que aguarde. A senhora diz ao menino que vai preparar um lanche para ele e sai em direção à cozinha. O coração de mãe bate forte e, depois que o garoto fica só, Potira se aproxima. O filho, quando a vê, corre e a abraça com muita alegria.

Matias fica preocupado e pede a ela que deixe o menino com ele, para que fique aos cuidados dos outros companheiros que estão lá fora. Potira concorda com o parente e, depois de beijar o filho, pede que ele siga com Matias. Os dois saem e Potira fica sozinha, de arma em punho, procurando Fernando nos quartos. Quando abre a porta do segundo cômodo, sente o cabo de um revólver atrás da sua cabeça. O sujeito lhe toma a arma e a ameaça:

— Pensou que seria fácil invadir a minha propriedade sem receber o tratamento especial que eu dou aos animais selvagens como você?

Fernando a encara com a arma em punho e a encurrala na parede do corredor, ao lado da porta do quarto.

— Invasor é você, seu animal traiçoeiro! Estou aqui para tomar posse do que você roubou de minha família e do meu povo!

— Mas quanta coragem, e com esse cabelo de macho. Tá mesmo parecendo um bicho do mato que carece ser domesticado.

Ele pega o queixo dela e ela lhe cospe a cara.

— Seu verme covarde! Lute como homem e solte essa arma!

Ele lhe aperta o pescoço, ela respira com dificuldade e tenta girar o quadril para o lado e liberar uma de suas pernas.

— Sua filha de uma cadela miserável, você vai me pagar pelo que sua mãe fez comigo e com o meu pai...

Potira consegue dar um impulso para frente e chutar os genitais do seu adversário com toda força possível, e ele cai gemendo de dor. Ela recupera o revólver, chuta a arma dele e o puxa pelo pescoço, apontando a arma para sua cabeça.

— Hoje é dia de peleja em noite da Mãe Lua cheia! Hoje é dia de justiça!

Matias chega para avisar que deixou o menino em segurança lá fora e vê a cena que lhe causa o maior espanto de sua vida: o patrão impiedoso sendo encurralado por uma mulher de seu povo. Ele sorri de satisfação e a ajuda a conter o usineiro, amarrando-lhe os braços com cordão de rede, que trazia no bolso grande da calça.

Matias conduz Fernando, e Potira mantém a arma apontada para a cabeça de seu algoz. Seguem até a saída da casa-grande. Os parentes todos estão na porteira e, quando avistam o usineiro capturado, gritam de alegria:

— Justiça! Justiça! Justiça! Justiça! Justiça! Justiça!

Todos entram pela porteira da casa e arrodeiam o filho do finado coronel Rodrigues, levantando suas ferramentas de trabalho e suas bordunas. Yara faz um gesto, pedindo que todos fiquem em silêncio.

— Sim, meus companheiros, estamos num dia de peleja e de justiça. Não vamos invadir essa casa, nem quebrar nada do que tem nela, mesmo sabendo que tudo aqui foi comprado com o lucro do suor de nossas famílias na lida miserável do canavial. Não somos selvagens que invadem e destroem. Somos filhos da terra mãe, Abya Yala, que tomam posse do que nos pertence, com dignidade e coragem.

Matias coloca Fernando para se sentar e Severino traz uma mesa e uma caneta. Abaeté traz o documento da declaração de devolução das terras do povo da antiga aldeia Potiguaçu. Fernando percebe a intenção deles e se nega a assinar.

— Podem me matar, mas eu não assino nada! — respondeu aos berros.

Matias lhe dá uns socos e o sangue espirra pelo nariz. Severino ameaça lhe dar uma flechada no peito, mas o usineiro se mantém irredutível.

— Seja homem e assuma quando é derrotado, tenha a dignidade de devolver o que seus pais e avós roubaram de nós por séculos. Assine o documento de declaração de devolução de nossas terras que iremos em paz!

— Eu já disse, podem me matar, mas eu não assino!

O povo fica nervoso e o tumulto cresce, com os homens pedindo para matá-lo e fazer justiça pelas mortes de seus ancestrais e pelas crueldades que até hoje sofriam com a semente dos Rodrigues. Yara não consegue acalmá-los e Potira se lembra do que sua mãe falou: só conseguiriam vencer a peleja se houvesse união de todos. Mas se ali estavam reunidos aqueles que lutavam por suas famílias, em nome da vida de seus filhos e netos, o que mais faltava para estabelecer essa união?

Enquanto a multidão gritava, Fernando continuava negando, por confiar em seu poder político e social e nos advogados e juízes que compactuavam com ele. Sentia-se capaz de invalidar qualquer documento de escritura pública das terras da antiga aldeia. Mas estava ciente de que a assinatura de uma declaração de devolução era muito difícil de ser revertida a seu favor, e com isso perderia terras onde havia plantações de cana, pátios de secagem, casas de moagem, usinas de açúcar e aguardente, tudo que resultava em contratos lucrativos de exportação para os Estados Unidos, fora o abastecimento de armazéns de estocagem de açúcar, mel de engenho e rapadura.

— Não adianta vocês me ameaçarem, eu não assino nada!

O tumulto se inflama cada vez mais, e Matias e Severino resolvem pendurar o usineiro numa corda e amarrá-lo numa árvore. O povo aplaude e continua gritando por justiça. Potira não esperava que as coisas chegassem a esse ponto, mas concorda com a decisão dos parentes. Todos caminham para fora da casa-grande e levam o latifundiário amarrado. Escolhem o pé de maçaranduba que ainda restava na estrada da fazenda e decidem que será nele que vão amarrar o homem. Todos os companheiros ajudam Matias e Severino a pendurar a corda nos galhos fortes da árvore e atar o usineiro pelos braços, quando se ouvem dois tiros e eles param. Alguns capangas que acordaram com o barulho do tumulto chegam cambaleando, dois deles com o revólver para cima.

A maioria dos jagunços está desarmada e sai da casa-grande parecendo bêbados, sem noção do que está se passando ao redor. O povo fica assustado e tenta se afastar, com receio de alguém sofrer uma bala perdida. Potira empunha novamente a arma e pede para Abaeté cuidar do filho Yakecan. Ele teme represálias à sua mulher, mas a guerreira o convence a se acalmar e proteger o menino.

Um dos bêbados armado olha para o patrão e se aproxima. O usineiro fica contente e Matias se prepara para atirar no sujeito, quando surge um redemoinho de fumaça com cheiro de fumo e aparece a Comadre Fulorzinha rindo como uma criança sapeca. Ela pega a arma do homem e começa a dançar na frente dele, depois vai dançando até pegar a arma do outro, e some na fumaça. O povo fica maravilhado. Potira pede aos parentes que amarrem os jagunços desarmados e fala para Teófilo dar uma olhada dentro da fazenda, para ver se há mais alguém para se juntar aos demais.

Matias e Severino recomeçam a subir Fernando pelas cordas, para pendurá-lo no alto da árvore. Potira percebe a presença da mesma senhora que estava com o seu filho dentro da casa e pede que eles parem. Ela aponta para a idosa que vem saindo da casa-grande. A mulher se aproxima de todos com um olhar triste e encara o filho muito de perto.

— Se você não assinar esse documento, eu assino! Sou sua mãe, viúva do seu pai. Sempre lhe dei amor e fiz vista grossa para as suas maldades, mas já estou velha demais para continuar errando e fazer as suas vontades mesquinhas e criminosas.

Todos ficam em silêncio, admirando a fala da mãe do maior inimigo deles. Potira se alegra e olha para Abaeté, os dois se encontram num sorriso. A anciã de corpo frágil, pele clara e manchada pela idade, cabelos lisos e brancos até o ombro e de olhos verdes-claros como os do filho, pede que todos entrem na casa, que serão bem-vindos, e completa:

— Tragam o documento para mim, vou assinar, pois sou herdeira dessas terras que meu marido e meus pais roubaram de vocês. Fui por muito tempo silenciada por meus pais e depois pelo grande coronel Rodrigues. Me calei para proteger minha vida e minha integridade física, num casamento arranjado entre as famílias Alves e Rodrigues. Se hoje para vocês é dia de peleja, para mim é dia de libertação.

Todos aplaudem a desconhecida, que manifestou palavras que acolheram os seus corações, enquanto Fernando não acreditava que a própria mãe, a quem tanto amava, teria a coragem de ficar contra ele. Matias e Severino perguntam a Potira se devem desistir de pendurar o filho da senhora, mas, antes que a guerreira respondesse, a própria mãe afirma:

— Pode deixá-lo aí. Ele não é moço, já passou dos cinquenta anos, mas é forte como um touro e não morre fácil. Isso vai ser bom para ele pensar um pouco na vida aí de cima...

O povo ri e se aproxima da idosa, e volta com ela para a casa-grande a fim de assinar o documento. Potira a segue na frente, juntamente com o marido, Yara e sua família.

— Eu assino! Eu assino! Mainha, mande me tirar daqui!...

A gargalhada é geral e a mãe do usineiro faz um gesto com a cabeça, consentindo que o tragam até ela.

— Mas não desamarrem até ele assinar, eu conheço o filho tinhoso que tenho. Vamos logo para a mesa que vocês deixaram no jardim.

Potira não conseguia tirar os olhos da idosa, admirada de sua atitude, e finalmente entendeu o significado de união que Jurema mencionara naquela noite na clareira da mata. Esta mulher também precisava ser resgatada de sua condição de submissa, alienada aos homens da casa grande.

Ela se salvou e se libertou ao decidir se unir aos que lutavam por suas terras tradicionais em nome da vida, da justiça e da verdade.

Naquele momento, a guerreira percebeu que a união se potencializou como um fenômeno raro, em que a luta de seu povo originário se tornou uma porta de redenção para aquela senhora que, mesmo usufruindo dos benefícios dos crimes coloniais, também era escrava deles.

Matias coloca a caneta na mão de Fernando e afrouxa um pouco a corda para que ele possa escrever. Abaeté traz os papéis e, quando Fernando termina de assinar o documento, o marido de Potira o entrega para Teófilo cuidar de lavrá-lo em cartório junto com a escritura pública que fizeram com o apoio do avô do rapaz, juiz daquela região. Yanna abraça o namorado e todos seguem de volta para vila.

Na saída, a idosa procura por Potira.

— Minha filha, venha cá.

Ela faz um gesto, respondendo, e pede a Abaeté que a aguarde na porteira, pois ela vai atender a mãe de Fernando.

— A senhora está bem?

— Sim, como nunca estive nessa vida! Mas eu preciso saber... Aquele menino, seu filho, o Yakecan, que o Fernando trouxe. Ele me lembra meu irmão Paulo, que faleceu. O jeito de olhar, a feição. Eu senti algo familiar e o amei desde que ele me olhou assustado quando chegou aqui. Então, pode abrir o coração para uma velha cansada?

— A senhora deve saber a resposta. Eu não sei ainda. Mas posso lhe dizer que Yakecan veio de uma forma dolorosa para me acordar de uma tempestade violenta e trazer de volta a minha razão de viver novamente.

Ela dá as mãos à senhora e a olha fixamente.

— Agora tenho de ir, meu povo tem hoje razões para festejar e eu devo estar junto. Fique na paz. Desejo que seja feliz como toda mulher que descobriu a porta de saída para a sua liberdade e dignidade. Adeus!

Potira dá as mãos ao marido e ao filho Yakecan. Yara e sua família estão emocionados de tanta alegria, e todos seguem juntos de volta para a vila. O povo chega cantando e balançando seus maracás, e os filhos, os netos e os idosos saem das casas para receber as boas-novas de seus parentes.

Potira chega a cavalo, Abaeté e o filho na carroça de Moacy com Yara, cantando e chamando todos para festejar. Os homens acendem uma grande fogueira no meio do terreiro, as mulheres trazem as cadeiras e tamboretes para fora, Jacira traz as duas filhinhas de Potira, que agarram a mãe e o irmão e os enchem de beijos. Abaeté se aproxima da família, emocionado por estarem todos juntos e seguros.

Chegam sanfoneiros para animar a festa. As famílias juntam as mesas do lado de fora com muitos doces feitos de milho, macaxeira e coco fresco. Fazem caldeirões de peixe cozido e camarões, tapiocas e beijus sobre as folhas de bananeiras. Todos comem, se divertem e fazem planos para a nova fase de suas vidas. Desejam recuperar suas práticas de agricultura sustentável, refazer seus roçados e cuidar das nascentes dos rios, que foram contaminadas pelos resíduos tóxicos da usina, e pensam também numa escola de educação indígena para as crianças, entre tantos outros projetos de vida.

Potira pede que removam o brasão da família Rodrigues da entrada da vila e acena para o sanfoneiro, pedindo uma pausa:

— Meu povo, vamos festejar nossa vitória de hoje! Sabemos que a nossa luta ainda não terminou. Virão muitas outras pelejas, mas, como disse minha mãe, Jurema, enquanto lutarmos com dignidade, esperança e união, não deixaremos de fortalecer nosso amor pela vida, pela Mãe Terra, e nem deixar de cultivar o bem viver indígena!

Todos aplaudem e ela faz um gesto, pedindo silêncio.

— Sinto que é desejo dos meus pais e dos encantados que a nossa Yara Potiguaçu seja a primeira cacica nessa retomada de nossa aldeia. Quem concorda?

Todos ovacionam o nome da parenta, que é escolhida por unanimidade pelo povo. Yara, emocionada, abraça a amiga, e o sanfoneiro segue animando a festa.

A lua parece sorrir, iluminando a mata e o terreiro festivo, enquanto nas pedras do rio doce Mãe d'Água e seu gavião se regozijam no clarão da correnteza das águas. Um canto saindo das folhagens vem celebrar a noite festiva de lua cheia:

Ô, Jureminha, ô, Juremar
A folha caiu serena
Ô, Jurema
Dentro desse congar...

Este livro foi composto pelas fontes Futura e Georgia
e impresso pela Digitop em outubro de 2024.
Miolo impresso em papel Pólen Natural 70g e
capa impressa em cartão Supremo 250g.